KB064644

어느 날 갑자기
생긴 일

Red

Copyright © text, Libby Glesson 2012
This edition first published in the English Language in 2012 by Allen & Unwin Australia
All rights reserved.

Korean translation copyright © Namubooks 2014
Korean translation rights arranged with Allen & Unwin
through The ChoiceMaker Korea Co.

이 책의 한국어판 저작권은 초이스메이커코리아를 통한
Allen & Unwin과의 독점계약으로 '나무처럼'에 있습니다.
신 저작권법에 따라 한국 내에서 보호를 받는 저작물이므로
무단 전재와 무단복제를 금합니다.

국립중앙도서관 출판시도서목록(CIP)

어느 날 갑자기 생긴 일 / 지은이: 리비 글리슨 ; 옮긴이:
권혁정 . ─ 고양 : 나무처럼, 2014
  p. ; cm.

원표제: Red
원저자명: Libby Glesson
영어 원작을 한국어로 번역
Prime Minster's Literary Awards
ISBN 978-89-92877-27-5 43800 : ₩9800

호주문학(濠州文學)

843-KDC5   CIP2014003056

어느 날 갑자기 생긴 일

리비 글리슨 지음

권혁정 옮김

나무처럼
Namubooks

차 례

1. 빨간 머리, 레드

진흙 천지다. 입에도, 코에도, 눈에도, 머리카락에도, 온통 진흙투성이다. 목과 팔도 마찬가지다. 진흙은 신발에도 가득 차 있고, 얇은 면바지에도 잔뜩 스며 있다. 소녀는 흉측하게 모로 누워서 의미를 알 수 없는 말을 되뇌었다.

"제이마틴제이마틴."

어느 순간 소녀는 한쪽 눈을 뜨더니, 이내 다른 쪽 눈도 떴다. 그러고는 기침을 하고, 침을 뱉어, 목구멍에 든 것을 빼내려 했다. 진흙이 혓바닥은 물론, 잇몸과 입천장까지도 달라 붙어 있었다. 그런데도 소녀는 여전히 웅얼거렸다.

'제이마틴제이마틴.'

소녀는 일어나 앉으려고 했으나, 왼쪽 어깨와 팔이 아팠고, 날카로운 바늘로 손가락과 손바닥, 그리고 손등을 콕콕 찌르는 것 같은 고통을 느꼈다. 찢긴 피부가 밑에 깔린 모래와 돌멩이에 닿아 더욱 쓰리고 아팠다. 그녀는 다시 쓰러졌다가 이내 한쪽 팔꿈치에 의지해 몸을 일으켜 앉는 데 성공했다.

"제이마틴제이마틴."

그녀에겐 온통 진흙투성이와 고통뿐이었다.

"너 이름이 뭐니?"

남자아이가 진흙탕 물에 둥둥 떠 있는 테이블 위에 앉아 있다. 그의 발치에는 인형이 한쪽으로 머리가 기울어진 채로 축 늘어져 있다. 인형의 머리카락 색은 잔뜩 바랬고, 눈은 헐거워져 내리깐 상태였다.

"제이마틴제이마틴."

소년은 테이블에서 내려서더니, 느닷없이 그녀의 얼굴을 세게 때렸다.

"멍청한 말 좀 닥쳐."

소녀는 옆으로 쓰러졌고, 몸을 바들바들 떨면서 두 손으로 얼굴을 감쌌다. 가랑비가 내리고 있었고, 소년은 다시 테이블로 돌아갔다.

소녀는 소년을 외면했다. 끼룩끼룩 우는 갈매기들이 낮게 긴 짙은 구름에서 급강하했다. 소녀는 죽을힘을 다해 무릎에 의지해 자신을 일으켜 세우는데, 그때 무언가가 충돌하는 소리와 부르짖는 소리가 들려왔다.

쓰레기 더미를 뒤지는 한 무리의 짐승들처럼 사내들이 숲 속과 양철 쓰레기통 옆에서 우르르 나오더니, 무너진 벽돌 벽 주변으로 몰려갔다. 그때 귀를 먹게 할 정도의 굉음을 내는 헬리콥터 소리가 들려왔다. 헬리콥터는 소리를 더욱 크게 내며 그들 위를 맴돌았다. 거대한 바람 탓에 진흙이 날리고 물보라가 쳤다.

왜 그러는 걸까? 도대체 무슨 일일까?

"너 이름이 뭐냐고?"

소년이 재차 물었다.

"이름?"

소녀의 목소리는 기묘하게 높고 날카로웠다.

"제이마틴제이마틴."

"제이마틴? 제이 마틴이라고? 아니면, 제임스 마틴?"

"잘 모르겠어."

"야, 그건 남자 이름이잖아. 네 이름일 리가 없어."

그녀는 입안의 진흙을 자꾸 뱉어 냈다.

"물 없니? 마실 물?"

"물? 이런 데 물이 있을 것 같니?"

그는 두 팔을 비가 오는 하늘을 향해 활짝 뻗었다.

"내 집에는 있어. 원한다면 날 따라와도 돼."

원하느냐고? 도대체 무슨 말이지?

소녀는 아무것도 느낄 수 없었다. 그녀는 마치 위험한 상황으로부터 기어 나오는 사람처럼 진흙으로부터 몸을 겨우 꺼냈다. 그리고 그를 따라가기 시작했다. 문이 헐겁게 매달린 의상실과 종이 뭉치를 쏟아 낸 벽장, 소파, 진흙 바닷물에 둥둥 떠 있는 쿠션 등을 지나쳤다.

어느 곳에서나 사람들이 벽돌이 쌓인 곳 위로 몸을 구부리고 뭔가를 뒤지고 있었다. 한때는 집이었던 곳이다. 그들은 뭉개진 계단을 파헤쳐 못 쓰게 된 기구들과 찌그러진 금속 더미를 꺼내고 있었다. 부드럽게 내리는 빗소리 너머로 외로운 개의 울음소리와 갈매기들의 냉엄한 외침이 들려왔다.

소녀는 천천히 걸었다. 몸속 구석구석의 모든 근육이 그만 멈추어 서라고 비명을 지르고 있었다.

무슨 일이 일어난 걸까? 지진이 났었나? 폭탄이 터졌나?

이런 생각을 하던 와중에 그녀는 발부리가 돌무더기와 진흙 더미에 걸려 비틀거렸고, 순간 옆에 있는 잘린 나무 줄기를 얼른 잡아 위기를 넘겼다.

앞서 가던 소년은 고개를 돌려 그녀를 바라보았다. 제멋대로 떡 져서 뒤로 넘겨진 그의 갈색 머리카락에 비가 내렸다. 소년은 진흙이 더 많은 웅덩이 주변을 돌아 뒤집힌 보트를 지나, 어떤 장소에 도착했다. 그곳은 양철지붕으로 된 누군가의 집이었지만, 지금은 외관만 남아 있었다.

"여기가 내 궁전이야."

소년은 이렇게 말하면서 마치 멋진 것을 뽐내기라도 하듯이 머리를 깊이 숙여 인사를 했다. 소녀는 뒤집힌 욕조와 부서진 서류함 주변을 배회하다가 사암 블록 위에 털썩 주저앉았다.

대각선으로는 자동차 한 대가 원래는 벽이었던 곳에 끼어 있었다. 마치 자동차를 몰고 집 안으로 돌진했다가 차를 빼지 못한 것처럼 말이다. 보닛은 으깨어졌고, 자동차 바퀴 하나는 뒤틀려 있었다.

"내가 자는 곳이야. 딱딱한 땅바닥보다는 훨씬 좋지."

소년이 말했다.

소년은 몸을 구부려 물그릇을 집어 소녀에게 건넸다. 손의 고통을 참으면서 소녀는 물을 벌컥벌컥 마셨다. 마치 오랫동안 물 한 모금도 마시지 못한 사람처럼. 마실 때 물이 턱 밑으로 줄줄 흘러내렸다.

"네가 날 때렸어."

그녀는 맞았던 곳을 만졌다.

"쓸데없는 말만 하고 있으니까 그렇지. 허튼 이름이나 대고 말이야. 그 사람이 누구야?"

"나도 몰라."

"넌 이름이 뭔데?"

"몰라."

이름이 뭐지? 왜 머릿속에 딴 사람 이름만 떠오르는 걸까? 제이 마틴? 제임스 마틴?

소녀는 다시 그 이름을 조용히 반복해서 말했다.

"제이마틴제이마틴제이마틴."

철썩!

그는 소녀에게 다가와서 또다시 그녀의 뺨을 갈겼다.

소녀는 쓰러졌다.

그는 소녀의 팔을 잡아 그녀를 끌어당겼다.

"닥쳐! 그 알아들을 수 없는 말 좀 그만해. 너, 미친 것 같아. 생각 좀 하라구!"

소년은 몸을 숙여 얼굴을 그녀 코앞에 갖다 대었다.

"여기저기 죽거나 사라진 사람들 천지야. 모든 것이 다 파괴되었다고."

소녀는 그의 왼쪽 뺨에 난 시퍼런 멍 자국을 보았다.

"넌 이름이 뭐야?"

그녀가 속삭였다.

"페리."

그는 한 발짝 물러나면서 말했다.

"때린 건 미안해. 널 멈추게 해야만 했어. 또 그러면 또 때릴 거야."

소년은 비에 젖은 티셔츠를 벗어서 쥐어짰다.

"네 팔에 피가 묻었네. 손도 좀 깨끗이 씻어야겠어."

그는 벽돌 벽 반대쪽을 손가락으로 가리켰다. 그곳에는 물로 가득 찬 양동이들이 늘어서 있었다.

소녀는 천천히 그곳으로 가서 양동이 하나를 골라 물을

떠서 얼굴과 팔에 끼얹었다. 들러 붙은 피딱지가 씻기어 나가자, 그녀의 창백한 피부 전체에 옅은 갈색 물이 든 것이 보였다. 그녀는 손을 씻었다. 페리가 다가와 옆에 웅크리고 앉았다.

"철사가 있는 울타리를 상대로 한판 붙은 꼬락서닌데."

페리가 말했다.

천천히 신음을 토해 내며 소녀는 피부가 찢긴 상처에 들러 붙은 진흙과 모래를 씻어 냈다.

"너도 피가 묻었어."

그녀는 소년의 손가락 마디와 손에 난 상처를 가리켰다.

"아, 이건 아무것도 아니야."

그녀는 다 씻은 후에 다시 사암 블록에 앉아서 아픈 손가락에 입김을 불어 넣었다.

"사람들은 다 어디 갔어? 왜 이렇게 다 파괴되었어? 무슨 일인데? 여긴 또 어디야?"

"음, 여긴 시드니야, 알아볼 수 없겠지만 말이야. 외곽은 어떤지 모르겠어. 비가 계속해서 내렸어. 어젯밤에 TV를 보았는데, 거대한 사이클론이 들이닥쳤대. 사이클론이 바다로부터 휘몰아쳐 오더니, 거대한 파도로 돌변해 해변과

육지를 덮쳤어. 모든 걸 거의 1킬로미터 밖으로 휩쓸고 가버렸어. 이런 일은 처음이래. 수많은 사람이 죽거나 실종되었고, 부상도 많이 입었어. 모든 것이 산산이 부서졌어. 군대가 사람들을 구조하러 동원되었어."

그는 잠시 말을 중단했다.

"어제 경찰과 구조반이 왔어. 곧 군인들이 올 거야. 그나마 다행이지. 쓰레기를 뒤지는 사람들을 몽땅 쓸어 낼 테니 말이야."

"누구?"

"아까 우리가 본 사람들 말이야. 그들은 쓰레기 더미를 뒤져서 돈 될 만한 것을 찾아내지."

"그렇게 사는 게 익숙한가 보지. 어쩌면 그 부서진 것이 그들의 집이었을지도 모를 일이잖아."

"그 집 사람들은 파편에 깔려서 모두 죽었을 거야. 아니면 바다로 휩쓸려 갔든지."

"그럼, 왜 난 안 쓸려 갔을까?"

소녀는 말꼬리를 흐렸다. 가슴으로부터 오한이 나기 시작해서 두 팔과 두 손, 급기야는 온몸이 떨리기 시작했다. 떨리는 것이 멈추지 않았다. 그녀는 두 무릎을 끌어당겨서 팔로 감쌌다. 이렇게 손가락을 모으고 있으니, 베인 곳과 찢긴 피부로부터 고통이 전해졌다. 하지만 꾹 참았다. 몸이 앞뒤로 흔들렸고, 이가 딱딱 부딪쳤다.

난 누구와 있었던 것일까? 무슨 일이 일어났단 말인가? 엄마나 아빠는? 형제나 자매는?

소녀는 깊게 숨을 들이쉬었고, 서서히 안정을 되찾았다.

"그럼, 군인들이 뭘 해? 그들이 우릴 도와줄까?"

소년이 어깨를 으쓱했다.

"아마도 대피소로 데려가겠지."

"그게 뭔데?"

"일종의 병원 같은 곳이야."

"난 병원은 필요 없는데."

그녀는 뒤통수를 만졌다.

"하지만 내 머리는 진짜로 다쳤어. 내 손도 엉망이고."

"너 확실히 이름 모르는 거 맞아? 널 뭐라고 부르느냐고?"

소녀는 잠시 생각에 잠겼다. 아무것도 없다. 머릿속에 아무런 생각도 남아 있지 않다. 그저 반복해서 말했던 그 이름과 작은 목소리만 빼고는.

"모르겠어. 생각이 안 나."

"분명히 이름이 있을 거야. 네가 연신 웅얼거리던 그 마틴이라는 사람에 대해서 생각해 봐. 혹시 네 아버지 아닐까?"

"모르겠어. 그냥 내 머릿속에 있었던 단어야. 아는 거라곤 그게 전부야."

아버지? 그런가? 어떻게 내 이름이 아닌 아버지 이름을 기억할까? 아버지는 누구일까? 어떻게 생겼을까? 그렇다면 엄마는? 어떤 사람일까?

그녀가 엄마의 모습을 끄집어내려고 애를 쓰자, 인상이 저절로 찌푸려졌다. 아무것도 떠오르지 않았다. 머릿속은 텅 비어 있다.

"그 사람은 어디 있어? 너랑 같이 있었어?"

"모르겠어."

소녀는 일어서서 자동차로 가서 거기에 기대었다.

"너는? 네 가족은 어디 있어?"

소녀가 말했다.

"난 아무도 없어. 필요치도 않고."

페리는 나뭇가지를 집어 들어 발치의 흙에 긁적거렸다.

나도 가족이 없을까? 그런 걸 어떻게 모를 수 있지? 내가 알고 있는 건 무엇일까?

소녀는 두 손을 내려다보았다. 이것은 손이다. 이것은 손가락이고, 관절이고, 손목이고, 팔이다. 나는 사물의 이름을 알고 있다. 나는 바보가 아니다. 그렇다면 난 누구인가?

"먹을 게 좀 있어. 배고프니?"

페리가 말했다.

그녀는 고개를 끄덕였다.

마지막으로 먹은 게 언제였지? 그때 무엇을 먹었지?

소녀는 페리가 차 안으로 기어 들어가서 빵 조각과 과일 몇 개를 들고 나오는 걸 물끄러미 지켜보았다. 그는 바나나를 작은 조각으로 잘라 빵 사이에 넣어 샌드위치를 만든 다음, 그녀에게 건넸고, 물도 한 컵 주었다. 물을 받아 든 소녀는 입을 헹궈 진흙과 소금 맛 나는 모래를 씻어 냈다.

"일류 음식점은 아니지만."

"맛있는데."

그녀는 입안으로 부드러운 과일과 빵을 쑤셔 넣으며 게걸스럽게 먹었다. 아직 입속에 남아 있던 작은 모래알이 함께 넘어가는 느낌을 받았다.

"네 얼굴의 멍은 왜 생긴 거야? 넌 나처럼 진흙투성이가 되진 않았잖아."

"그래, 그렇지."

"그런데?"

"상관 말고 네 일이나 걱정해."

"난 어떻게 해야 할지 모르겠어."

샌드위치를 다 먹고 나서 그녀는 그를 바라보며 단순하게 말했다.

"원한다면 여기 있어."

"너와 함께?"

"더 좋은 생각 있어? 차에서 자게 해 줄게."

"하지만 내가 누군지를 알아내야만 해. 어쩌면 누군가가 날 찾고 있을지도 모르잖아. 분명히 가족이 있을 거야."

"가족이 없어도 너 혼자서도 잘 살 수 있어."

그녀는 고개를 저었다.

길을 잃은 느낌이다. 혼자서만.

"병원이 어디 있는지는 알려 줄 수 있어."

"왜? 나 안 아픈데. 다른 곳을 찾아가야만 해."

그는 어깨를 으쓱했다.

"구조센터가 있어. 거기 가면 먹을 것과 담요 같은 것을 줘. 괜찮은 곳이지만 경찰을 피해 다녀야만 해. 널 집 잃은 아이들이 가는 곳으로 보내려 할 거야. 보육원 같은 데 말이야. 거리에는 방황하는 아이들이 많아. 여기저기 어디든 다 있지. 아마 나도 잡아갈걸."

"그게 뭐 어때서?"

"난 누군가의 조종을 받진 않을 거야. 그런 데는 그렇거든. 원하지 않는 일을 시킨단 말이야. 그리고 그 일을 하지 않으면 때리거든."

둘은 한동안 조용히 있었다. 비는 멈추었고, 팔다리에 고통을 느낀 소녀는 햇살 아래에서 몸을 따뜻하게 하고 있었다. 소녀는 고통으로 얼굴을 살짝 찡그리면서 어깨를 구부리고는 두 다리를 쫙 뻗고 발목을 움직여 보았다.

"이름을 모르니 부를 만한 이름을 하나 지어야겠어."

"뭐라고?"

"글쎄."

"너, 엄마나 여자 형제 있어? 그들 이름 중 하나를 쓰게."

페리는 그녀의 시선을 피했다.

"처음에 날 봤을 때 어떤 생각을 했어?"

"죽었다고 생각했어."

"음, 그건 이름으로는 적합하지 않은데."

"진흙 속에서 새빨간 티셔츠를 보았어. 그게 뭔가 하고 가까이 가 봤지. 그래, 널 레드Red라고 부르면 되겠네."

"마치 '데드dead'라고 부르는 것 같아. 빨갛다는 뜻의 다른 단어 좀 찾아봐."

"로즈, 스컬릿, 루비."

로즈? 이건 흔한 이름이다. 루비? 이 단어는 아는 느낌이다. 하지만 자꾸 생각을 떠올리려고 하면 할수록 마음이 더 혼란스러워진다. 마치 작은 물고기가 물속에서 싹싹 빠져나가는 것처럼 말이다.

"루비는 어때?"

"음, 그건 보석이잖아. 밝은 빨간색 보석. 부자들이 하는 거지."

그녀는 자신이 입은 찢어지고 진흙투성이의 티셔츠를 내려다보았다.

"내게는 어울리지 않아."

"그냥 레드라고 부를래. 네 머리카락도 빨갛잖아. 진흙이 잔뜩 달라붙어서 그렇지."

"마음대로 해."

그녀는 두 눈을 감았다. 머리가 아파졌다. 손도 아팠다. 무슨 일이 있었는지 생각해 보고 싶었으나, 너무 힘들었다. 나중에, 나중에 생각해야겠다.

"먹을 것을 나눠 주는 곳이 있어. 몰래 들어가서 물건을 가져올 수 있어. 전에도 해 봤어."

페리가 말했다.

"하지만 그게 내가 누구인지를 찾는 데 어떻게 도움이 되겠어?"

"그런 걱정은 네 뱃속에 음식이 잔뜩 찼을 때나 하는 거야. 그리고 넌 옷을 좀 갈아입어야겠어. 난 물을 좀 더 받아야지. 이 빗물로는 오래 버틸 수 없어. 수도관은 모두 파괴되었고, 하수구도 도처에서 새고 있거든."

그녀는 진흙투성이의 청바지를 내려다보았다. 수돗물도 없고, 빨래도 할 수 없고, 깨끗한 옷도 없다. 화장실도 없고 마실 물도 없다. 돌아봐도 아무것도 없다. 갑자기 그녀의 몸이 바짝 긴장을 했다. 배가 뒤틀리듯이 아파져 왔다. 그녀의 손이 떨리고 있었다.

"이건 미친 짓이야. 우리는 이런 곳에서 살 수 없어. 나가서 도와줄 사람을 찾아보자. 그래야 해."

"소용없어."

"경찰이나 군인들한테 가면 되잖아?"

"그렇게는 못 해."

그의 얼굴은 벌겋게 상기되어 일그러졌다.

"사람들은 우리를 돕겠다고 하겠지만, 그들은 이것 하라 저것 하라 하면서 통제하려고 할 거라고."

그는 무슨 말을 중얼거리며 두 손을 청바지 주머니에 찔러 넣으면서 몸을 홱 돌렸다.

"미-안해."

그녀의 목소리는 속삭임에 가까웠다.

"내가 구조센터에 가 볼 테니, 넌 여기 있어. 혼자 가는 게 훨씬 빠를 거야."

그가 이렇게 말하며 밖으로 나갔다. 그녀는 그가 멀어져 가는 모습을 물끄러미 지켜보았다.

나는 여기 왜 있어야 하는 걸까? 그의 말대로 해야 하나? 그의 가족은 왜 아무도 없는 걸까? 그들에게 무슨 일이 일어난 걸까?

갈매기가 머리 위에서 끼루룩 끼룩끼룩 울며 넓게 아치

형을 그리며 빠르게 하강하더니, 그녀와의 거리가 채 1미터밖에 되지 않는 곳까지 내려왔다. 그녀는 앞으로 몸을 숙였다. 그러자 또 다른 갈매기가 날아오고 또 다른 것이 날아왔다. 녀석들은 비쩍 마른 붉은 다리를 세우고, 그녀를 향해 비틀거리며 날아왔다.

"루비 다리들, 미안해. 너희한테 줄 게 없어. 나도 먹을 게 없다고."

그녀가 속삭였다.

그날 오후는 길었다. 구름은 사라졌고, 그녀는 햇볕을 따라 자리를 옮겼다. 돌멩이에서 나는 열기에 청바지가 점점 말랐고, 햇볕의 따뜻함이 아픈 근육을 안정시켰다. 햇살이 너무 뜨거워지면 시원한 그늘이 있는 벽이 무너진 곳으로 장소를 옮겼다.

소녀는 밖을 내다보며 산산이 부서진 풍경을 바라보았다. 이제 쓰레기를 뒤지는 사람들은 사라졌다. 햇볕이 뜨거웠는데도 오한이 느껴졌다.

그녀는 발치에 있는 진흙을 내려다보았다. 무너진 사암 블록 밑에서 나온 개미들이 일렬로 행진하더니, 벽돌 무더기 가장자리에서 오른쪽으로 돌아서 무너진 나뭇가지 밑으로 사라졌다. 개미는 자신이 갈 길을 알고 있다.

페리가 돌아오지 않으면 어쩌지? 누군가가 그를 잡아가서 이곳에 오지 못하면 어쩌지? 비가 다시 내려서 파도가 거세져 이곳을 덮치면 어쩌지? 이러면 어쩌지? 저러면 어쩌지?

그녀의 몸은 또다시 바들바들 떨렸다. 소녀는 앞으로 쓰러졌고, 눈에서는 눈물이 펑펑 쏟아졌다. 어쩐단 말인가?

발치에는 진흙탕 물웅덩이에 갇힌 부서진 잎사귀들이 둥둥 떠 있었다. 가지에서 떨어진 잎사귀들, 이제는 아무것에도 속하지 못한 것들.

나랑 같은 신세구나. 페리, 돌아와, 돌아오라고. 아, 그만하자. 이런 생각은 그만하자. 넌 살아 있어. 페리는 널 발견해서 먹을 걸 주었어. 또 돌아오겠다고 약속도 했잖아.

소녀는 똑바로 앉아서 엄지로 소금물에 전 머리카락을 쓸면서 진흙 덩어리를 제거하려고 애썼다. 피부는 메말라서 가려웠다. 등과 목을 긁다가 손가락이 가죽끈에 닿았다. 그것을 잡아당겼다. 티셔츠 속에서 긴 줄이 나왔고, 그 끝에는 딱딱한 금속이 달려 있었다. 그녀는 그 위를 툭툭

처 보았고, 그다음엔 깨끗하게 문질렀다. 매끄러운 금속 로켓(사진 등을 넣어 목걸이에 다는 작은 펜던트)이다.

내 것인가? 누가 준 거지? 항상 이걸 걸고 다닌 것일까? 이것이 내가 누구인지에 대한 단서가 될 수 있을까?

그녀는 로켓을 꽉 잡았다. 그러자 손에서 고통이 전해졌고, 손가락 마디가 하얘졌지만, 그녀는 개의치 않았다.

페리가 돌아오기를 바라며 일어서서 아직 무너지지 않은 건물의 가장자리로 갔다. 부서진 콘크리트 조각들 너머로 페리가 오는 것이 보였다.

"페리, 페리."

그녀는 손을 흔들며 소리쳤다.

그런데 그가 점점 가까워지자, 바보가 된 느낌이 들었다. 그녀는 뒤로 물러서서 그늘 속으로 들어갔고, 그가 다가올 때까지 가만히 있었다.

"뭐 가져왔어?"

"먹을 것. 한동안은 과일이 충분하겠어. 게다가 군인들이 쓰는 특별 배급품도 가져왔어. 초콜릿도 있다고. 백팩을 슬쩍해서 거기에 너한테 줄 옷도 좀 가져왔어."

그는 바닥에 대고 가방을 흔들었다. 남성용 티셔츠가 그녀 발치에 떨어졌다.

"군인들이 우릴 위해 온 것 같아."

그는 씩 웃으며 한 손을 비쩍 마른 가슴 위로 가져갔다.

"넌 거의 나만 하네. 아마 이 옷들이 네게 잘 맞을 거야."

그가 앉았다.

"내가 없는 동안 누구 온 사람은?"

그녀는 고개를 저었다.

"있잖아, 이걸 찾았어. 목에 걸고 있더라고."

그녀는 그에게 로켓을 건넸다.

"기묘한데."

페리가 속삭이며 그것을 손바닥에 올려놓고 다른 손가락
으로 뒤집어도 보고 끝을 따라 작게 굴곡진 부분을 만져도
보았다.

"열어 보자. 안에 뭔가가 있을지도 몰라."

페리는 엄지손가락으로 로켓을 열려고 시도했다.

"아, 칼이나 날카로운 것이 있어야겠어."

"나중에 하자. 난 몸이 좀 좋아진 것 같아. 일단 내가 누
구인지를 찾을 방법부터 생각해 봐야 할 것 같아. 여기저
기 가 봐야겠어. 분명히 뭔가 기록이 있을 거야. 사람들이

잃어버린 가족들을 찾고 있잖아. 그중에 날 알고 있는 사람이 있을 거야. 내가 다른 별에서 온 이상한 아이는 아니잖아."

페리는 어깨를 으쓱했다.

"미친 짓이야, 레드. 아무도 너 같은 아이를 위해 시간을 내주지 않아. 그들이 텐트를 설치했지만, 그곳엔 사람들이 너무 많아. 컴퓨터는 모두 다운되었어. 옷과 장난감이 잔뜩 쌓여 있지만, 그것들을 받는 사람들은 극히 일부야. 사람들은 모두 잃어버린 가족들 사진을 들고 다녀. 제정신인 사람은 거의 없다고."

그는 로켓을 도로 레드에게 주며 말했다.

"그래도 내일 가 보자. 하지만 네가 누구인지 찾고 싶다면 너 스스로 찾아야 할 거야."

2. 잃어버린 기억을 찾아서

점점 어두워지고 있다. 페리는 자동차 문을 비틀어서 열었다.

"괜찮다면 뒷좌석에서 자. 내가 앞에서 잘 테니."

레드는 차 문의 팔걸이를 베고, 찢어진 비닐을 덮고, 몸을 웅크렸다. 곰팡내와 썩는 냄새가 났다. 차 바닥 진흙 속에는 오렌지 껍질과 즉석요리 봉지가 나뒹굴었다.

깨진 자동차 창문을 통해 구름에 반쯤 가린 별이 희미하게 보였다. 그녀는 어떻게 해서든 별들을 식별해 보려고 똑바로 응시했다. 그러다가 결국에는 두 눈이 감겼고, 불안정한 잠 속으로 빠져들었다.

"네가 날 처음에 발견한 곳으로 가서 주위를 둘러보고 싶어."

아침에 그녀가 말했다.

"왜? 거기 가 봐야 아무도 없어. 내가 널 발견했을 때 이미 그 주변을 다 둘러보았다고."

"그래도 가 보고 싶어. 뭔가 기억이 날지도 모르잖아. 그 다음에 구조센터에 가서 벽에 붙은 사진을 좀 봐야겠어. 가족 중에 누군가가 날 찾고 있을 수도 있으니까. 아니면 엄마나 아빠가 이 도시나 다른 곳을 찾고 있을 수도 있어. 그분들은 당장 날 찾으려고 안달이 났을 거야."

그녀는 조용하게 말했다.

"좋아. 하지만 미리 말하는데, 아무것도 찾지 못할 거야."

둘은 맛없는 비스킷 한 봉지와 이상하리만큼 맛이 좋은 주스 한 병을 나눠 먹었다.

"이 주스는 군인용으로 나온 거라서 가게에서는 살 수 없는 거야. 전투 지역에는 생존에 필요한 모든 게 다 있어. 단백질과 그 밖의 것들 모두."

그는 씩 웃었다.

"전쟁이 나면 군인들은 그동안 보관했던 비상식량을 사용해."

그는 손등으로 얼굴을 훔치며 말을 이었다.

"지금 밖이 그런 상태야. 곳곳에 군인과 경찰이 있고, 탱크와 군대 막사가 있어. 마치 폭탄이라도 터진 것처럼 어디에나 그들이 있지."

둘은 페리가 그녀를 발견한 장소에 도착했다.

"저 길로 내려가면 해변이 나오는데, 난 거기서 수영을 하곤 했어. 저기 절벽이 폭풍에 무너졌어. 지금 저기서 수영하는 건 미친 짓이겠지만."

그가 남쪽을 가리키며 말했다.

"집이 모두 파괴되었거나 사라졌어."

레드가 말했다.

무너진 집들은 파편이나 부서진 가구, 죽은 사람들, 부러진 나무들과 더불어 마구 뒤섞여 있었다. 해변으로 밀려왔다가 씻겨 나가는 바닷물의 살랑거리는 소리가 들려왔고, 저 멀리에는 구름 한 점 없는 맑은 하늘이 단조로운 청록색 대양과 맞닿아 있는 것이 보였다.

바다에 가까이 가 보니, 그 파란 바다 빛깔이 갈색으로 변해 있었고, 그 위에는 나뭇가지들과 목재, 진흙이 둥둥 떠다녔다. 서로 부딪치는 파도는 제각각 좁은 육지 위로 더욱더 많은 쓰레기를 뱉어 냈다.

그녀는 시선을 피하고 싶었다. 그 소리, 그 리듬, 그 느낌…. 그녀는 밀쳐지고 뒤집히고 내던져졌다. 물이 그녀를 덮쳐, 이리저리 끌고 다녔다.

소녀는 떨고 있었다. 얼굴에는 눈물이 흘러내렸고, 가슴이 조였고, 숨이 막혔다. 억지로 몸을 돌려 바다를 등졌다.

"내 말 듣고 있어?"

페리가 인상을 찌푸렸다.

"저 아래에 굉장한 해변이 있었다고."

그는 손으로 가리켰다.

"옛날에 썰물 때면 모래사장이 100미터나 되었어. 아이들도 파도타기를 했지. 파도가 최고였거든. 지금은 모래가 모두 사라지고 없지만."

"나도 이 근처에 살았을지도 몰라."

레드는 평범하게 말하려고 애썼다.

그녀는 좌우를 돌아보며 진흙 동산과 벽돌, 목재, 콘크리트 덩어리, 철사, 가구와 장난감 등을 대충 훑어보았다. 아른거리는 파란색 파티 드레스가 스커트 부분이 찢긴 채로 큰잎고무나무의 들린 뿌리에 매달려 있었다.

"아니면 그저 방문하러 왔을 수도 있지."

페리가 말했다.

둘은 천천히 주변을 살폈다. 레드는 한편으로는 모든 파편 부스러기 밑을 샅샅이 찾아보고 싶었고, 또 다른 한편으로는 아무것도 찾지 말기를 바랐다.

쇠 밑의 벽돌 더미를 뒤졌다. 검은 곤충들이 마치 불꽃이 폭발하듯 튀어 올랐다. 그녀는 부풀어 오른 썩은 동물의 시체를 보았다. 털은 헝클어진 데다 얼굴은 일그러져 있었다. 누군가의 개였다. 썩은 냄새. 속이 메스꺼웠다.

순식간에 목으로 뭔가가 올라왔고, 그녀는 발부리에 걸려 앞으로 넘어져 진흙에 무릎을 꿇은 채 음식을 토했다. 썩은 풀 냄새, 괴어서 썩은 웅덩이 냄새, 부서진 파이프로부터 새어 나오는 악취.

"여기서 나가자."

그녀가 말했다.

'궁전'으로 돌아온 페리는 백팩에 남은 음식을 넣었다. 레드는 입을 헹구었고, 페리가 가져온 옷 중에서 옅은 색 면 반바지와 풋볼 로고가 있는 노란색 티셔츠를 골랐다.

"뒤돌아보지 마."

그녀는 빨간색 티셔츠를 머리 위로 벗으면서 말했다.

진흙이 잔뜩 묻은 청바지는 벗기가 더 어려웠다. 청바지 지퍼를 열고 뻣뻣해진 천을 천천히 돌돌 말아 허벅지 아래로 내렸다. 손에 난 상처는 여전히 아팠다. 시퍼런 멍이 그녀의 두 무릎은 물론 정강이까지도 번져 있었다. 새 옷은 컸지만, 훨씬 편안했고, 움직임도 한결 수월했다.

"머리만 짧으면 남자애 같겠는데."

페리가 말했다.

"고마워."

그녀는 좀 더 성의 있는 말을 해야 했다고 느꼈지만, 너무 힘들어 어떤 말도 더는 생각이 나지 않았다.

"나랑 같이 갈 거니?"

그는 어깨를 으쓱했다.

"내가 데려다 줄게. 어차피 할 일도 없는데 뭐."

구조센터에는 옷과 장난감, 책, 주방용품이 산처럼 쌓여 있었고, 사람들도 한가득했다. 부모의 무릎을 꼭 붙잡은 어린아이들, 서로 끌어안은 연인들, 그 어디도 속하지 않은 것처럼 보이는 배회하는 아이들, 헐벗은 잔디나 나무 그늘에서 등을 구부린 채로 앉아 있거나 잡지에서 찢은 종이로 부채질하는 노인들, 그리고 소음, 누군가를 부르는 소리, 큰소리를 내거나 우는 소리, 이런 소리는 우르릉거리는 발전기 소음과 천천히 움직이는 차량의 삐걱 소리, 날카로운 사이렌 소리와 합쳐져서 윙윙거렸다.

"이리 와."

페리는 그녀의 팔을 잡았다.

"사람들이 너무 많아."

갑자기 레드는 목구멍에서 목소리가 제대로 나오지 않았다.

"괜찮아. 아무도 우리를 주목하지 않을 테니까."

페리가 말했다.

레드는 떨고 있다. 그녀는 누군가가 자신을 알아봐 주기를 간절히 바랐다.

"이리 와. 여기에 오고 싶어 한 건 바로 너라고. 내가 아니고."

페리는 그녀를 잡아당겼다. 그녀는 유순한 아이처럼 그를 따랐다.

페리가 본관을 향해 사람들을 헤치고 지나가자, 본관 홀로 연결되는 문이 나왔다. 본관 게시판에는 사진과 흘려 쓴 메모들이 잔뜩 붙어 있었다. 이미 수많은 사람이 몰려 있다. 어떤 이들은 침묵하며 재빠르게 게시판을 훑어본다. 숨을 헐떡이며 두 손으로 얼굴을 가리고는 푹 쓰러지는 이들도 있다.

"너무 많아. 게시판을 제대로 볼 수가 없어. 내가 무엇을 찾고 있는지조차도 모르는데."

레드가 속삭였다.

"난 저 끝에서 시작할 테니, 중간에서 만나자. 열세 살이나 열네 살 정도 된 여자아이를 찾는 사람이 있는지를 잘 봐. 붉은색 머리카락에 주근깨가 있는 예쁜 모습을 한."

"고마워."

레드는 그가 빠르게 멀어지는 모습을 지켜보았다. 참으로 이상한 일이다. 그의 행동 말이다. 어느 순간에는 도와주려 하고, 또 어느 순간에는 신경도 쓰지 않으니 말이다.

도대체 그는 누구일까?

　레드가 본 맨 처음 사진은 벌거벗은 아이를 안은 수영복 입은 여자였다. 그녀는 태양 속에서 눈을 사팔로 뜨고 웃으며 카메라를 응시하고 있다. '내 딸과 손자'라는 단어가 아래에 휘갈겨 있고, 전화번호와 이름, 주소가 있다. 레드는 조금씩 앞으로 나아갔다.

　인종이나 나이에 상관없이 수많은 사람이 그곳에 있다. 오랜 시간 햇볕 속에 노출되어 있어 뻣뻣한 얼굴을 한 할아버지와 할머니, 웃으며 서핑하는 사람들, 웃는 아이들, 킬킬거리는 아기를 안은 남자와 여자. 각각 그 아래에 이름과 나이, 그리고 그 사람이 살았거나 일했거나, 혹은 방문한 적이 있었던 마지막 장소 등이 적혀 있다.

　해안가 집 앞에서 가족 전체가 찍은 사진들도 몇몇 보였다. 또 사진 없이 그저 이름만 있는 것들도 있었다. 레드는 천천히 움직였다. 이렇게 실종된 사람들을 보고 있으니, 힘이 쭉 빠졌다.

　이 많은 사람 중에서 누가 내 가족인 줄 어떻게 안단 말인가? 이름도 없고 얼굴 사진 한 장 없는데 말이다.

그녀는 뱃속과 목, 몸 전체가 텅 비어, 모든 걸 잃어버린 느낌이 들었다. 만약 이 게시판에 없다면 아무도 날 잃은 사람이 없다는 뜻인가? 날 찾는 사람이 아무도 없다는 뜻인가? 그럼, 가족이 없다는 것인가?

중간에서 페리를 만났다.

"너 사진은 없어. 널 찾는 것 같은 것도 없고."

그는 손을 뻗어 그녀의 어깨에 얹었다.

그녀는 고개를 끄덕였다.

"여기도 마찬가지야. 하지만 계속해서 볼 거야."

"소용 있을까?"

그가 말했다.

"그래야만 해."

그녀는 그가 체크한 게시판을 따라 움직였다. 바다를 배경으로 돌담에 앉아서 웃고 있는 부부 사진 앞에 멈추어 섰다. 그들이 내 부모일까? 이들이면 어쩌지? 태양이 물에 반사되었고, 남자는 한쪽 팔을 여자 어깨에 둘렀다. 남자의 한 손가락이 여자의 머리카락 밑에 매달린 돌고래 모양의 귀고리를 만지작거렸다.

레드는 그 밑의 메모를 읽었다.

내 딸과 사위.

너희 아기는 바닷물이 밀려올 때 나와 함께 있었음.

레드는 그 아래 전화번호와 상세한 것까지 모조리 읽었다. 그녀는 계속해서 나아갔다. 한 남자가 광택 나는 사진 속에서 웃고 있었다. 그의 서명 아래에는 '쿠지 해변의 집에서 실종된 유명한 배우'라고 쓰여 있었다. 그가 아버지일까? 이번에는 잔디에 앉은 부부 사진이다. 사진 밑에는 '브론테 해변'이라고 쓰여 있었다. 그들은 어떤가?

한 여자가 눈물을 흘리면서 그 사진을 응시하며 서 있다. 울고 있는 아이가 그녀의 다리에 매달려 있다. 여자의 한 손은 아이의 머리를 쓰다듬고 있었지만, 그녀의 관심은 온통 딴 곳에 있었다.

아이는 몸을 돌려 레드를 올려다보았다. 아이의 작은 얼굴은 흙과 눈물로 엉망이었다. 아이는 있는 대로 입을 크게 벌리며 큰 소리로 울어 댔다. 처음에 그의 엄마는 전혀 신경 쓰지 않는 것처럼 보였으나, 이내 두 팔로 아이를 가슴에 꼭 안고는 사람들을 헤치며 출구로 향했다.

레드는 계속해서 사진을 뚫어지게 응시하며 나아가다가,

검은색으로 진하게 쓴 큼지막한 메모 앞에 다다랐다.

타린, 난 안전해. 콩코드의 엄마 집에 있어. 전화해 줘.

찾습니다-검은색 고양이로, 목줄에 '팅커벨'이라는 이름이 적

혀 있음. 01059654233으로 전화 바람.

기독교 가정에서 긴급 숙박, 전화 9457 6666

다음 글자부터는 다시 흐려졌다. 그녀는 게시판을 열심
히 노려보았지만, 단서가 될 만한 말은 하나도 없었다. 그
녀는 혼자서 안갯속을 뚫고 지나가는 느낌이었다. 처음엔
옅어서 뚫고 지나갈 수 있다고 생각했지만, 막상 들어와
보니, 너무 짙어서 진짜 세상을 찾을 수 없을 것 같았다.
　페리가 그녀의 어깨를 잡았다.
　"괜찮아? 너 쓰러질 것만 같아."
　"여기서 나가야겠어."
　레드가 말했다.
　페리는 레드를 데리고 사람들을 뚫고 지나갔다. 마침내
출입구에 도착하자, 둘은 잠시 서서 숨을 돌렸다. 레드는

입을 크게 벌리고 입안 가득 공기를 들이마셨다.

목소리들이 마당 저편으로부터 들려왔다. 처음엔 보통 사람들이 떠드는 소리보다 좀 더 큰 정도였다. 그런데 점점 그들의 목소리는 커져만 갔다.

"나가, 나가라고. 우릴 팔아서 먹고사는 것들 같으니."

어떤 남자가 소리를 질렀다. 그는 두 팔을 휘저으며 카메라와 마이크를 든 사람, 그리고 다른 사운드 장비를 든 사람들을 밀쳤다. 많은 사람이 모여들었는데, 어떤 이들은 방송 스태프를 한 방 먹이기도 하고, 어떤 이들은 소리 지르는 남자를 저지하려고 애썼다.

레드와 페리도 서서 이 모습을 지켜보았다. 소리 지르던 남자가 풀밭에 털썩 주저앉았다. 또 다른 남자가 그 옆에 무릎을 꿇고는 그 남자의 어깨를 팔로 감쌌다. 카메라는 여전히 돌아가고 있었다.

"가엾은 아저씨, 저 아저씨도 모든 걸 다 잃었나 봐."

레드가 속삭였다.

둘은 밖으로 나와 축축한 풀밭에 웅크리고 앉았다.

"괜찮아?"

페리가 말했다.

그녀는 어깨를 으쓱했다.

"괜찮은 게 어떤 건지 모르겠어."

그녀는 뒤통수의 다친 곳을 문질렀다.

"나는 여기 이렇게 살아 있어. 하지만 내 머리는 커다란 블랙홀이야. 그 속에는 아무것도 없어. 텅 비었다고. 난 누굴까, 페리? 난 누구지?"

그는 어깨를 으쓱하고는 아무 말도 하지 않았다.

그들은 한동안 앉아서 공을 갖고 노는 어린아이 두 명을 바라보았다. 아이들은 뛰면서 웃고 있다. 공을 하늘 높이 던지고, 서로 그것을 잡으려고 밀치며 놀았다. 지친 모습의 나이 든 여자가 그 아이들을 지켜보고 있다. 마치 아이들에게서 시선을 떼면 그들을 잃어버릴 것처럼 집중해서 응시하고 있다.

"우리도 메모해 놓자. 상황을 설명하는 글을 써서 게시판에 붙여 놓자."

레드가 말했다.

"사진이 있으면 더 좋을 텐데. 저 안에 가면 분명히 카메라를 빌릴 수 있을 거야."

페리가 일어섰다.

"난 다시 저 안으로 가고 싶지 않아."

"자, 어서. 처음에 여기 오자고 한 건 바로 너야. 해야만 해."

그가 말했다.

사무실에서 미소를 띤 구세군 유니폼을 입은 젊은 여자가 펜과 종이를 건네주었다.

"누구를 찾고 있니?"

"제이 마틴이요."

레드가 말했다.

"제이가 뭐의 약자니?"

"제임스 마틴이요."

페리가 말했다.

"네 아버지야?"

페리가 고개를 끄덕였다.

"그럼, 엄마는?"

"돌아가셨어요. 이번이 아니고 오래전에요."

"아, 미안하구나."

그녀는 카메라를 가져와서 레드와 페리를 함께 가까이

서게 했다.

"나만 찍어야 하잖아."

레드가 속삭였다.

"쉿, 아마 우리가 남매라고 생각하나 봐. 그냥 두자. 문제 될 건 없으니까."

"우린 남매가 아니잖아?"

"가만있어. 넌 네가 누군지 잊어버렸을지 모르지만, 난 아니라고."

구세군 여자는 프린터에서 출력한 사진을 그들에게 건넸다. 페리는 그것을 받아 들고는 다음과 같이 썼다.

아버지 제임스 마틴을 찾음. 브론테 지역에서 잃어버린 것 같음. 여기에 메모를 남겨 주기 바람.

"너희 이름도 써야지."

여자가 말했다.

페리는 잠시 주저하다가 '루비 마틴과 페리 마틴' 이라고 썼다.

레드는 그에게서 사진을 뺏어 들었다.

우린 남매가 아니다. 내 머리카락은 짧은 곱슬머리에 붉은 갈색이고, 그의 머리카락은 갈색에 제멋대로 길어서 어깨까지 내려와 있다. 그의 얼굴은 마르고 까맸지만, 내 얼굴은 둥글고 창백하며 주근깨가 있다.

"어디에 머무르고 있니?"

구세군 여자가 물었다.

"친구 집에요. 하지만 곧 옮길 거예요. 그러니 우리는 내일부터 며칠 동안 아빠가 왔는지 확인하러 올 거예요."

"너희 둘 다 괜찮니?"

페리는 고개를 끄덕였다.

"네."

둘은 밖으로 나왔다.

"왜 그렇게 말했어? 우린 괜찮지 않잖아."

그녀는 이렇게 말하며 풀밭에 주저앉았다.

"나는 내가 누구인지 몰라. 그리고 우린 제임스 마틴이 내 아빠인지 아닌지도 모른다고. 그런데 우리는 남매라고까지 말했어. 넌 나랑 전혀 닮지 않았단 말이야. 그 사진을 보고는 누구도 날 알아보지 못할 거야. 또 우리는 머무를 곳도 없잖아."

"있어. 궁전은 멋진 곳이야. 거기다 우린 표시를 남겼어,
이게 지금까지 우리가 할 수 있는 최선이야."

"나 배고파."

페리는 그녀를 잡아끌었다.

"그만 투덜거리고, 저기로 가 보자. 봐 봐."

'적십자 재난 구조'라고 쓴 현수막이 길 건너 건물 창문
에 걸려 있었다. 그것은 '…고등학교'라는 간판을 절반이
나 가리고 있었다. 구조센터보다 사람들이 더 많이 몰려
있다. 거대한 녹색 군대 천막과 작은 텐트들이 축구장을
뒤덮었다. 사람들 그룹 그룹이 운동장이나 정원에 모여 있
고, 길고도 긴 줄이 해변에 설치한 거대한 무료보급소를
향해서 서 있다.

페리와 레드도 이 무리에 합류해 천천히 앞으로 나아갔
다. 무료보급소 테이블에는 덩치 큰 여자가 앉아 있다.

"쿠폰은?"

여자가 말했다.

"우리 엄마들이 갖고 있어요."

"엄마들은 어디 있는데?"

"저 뒤에요."

그는 거의 담까지 이어진 줄을 가리켰다.

"쿠폰 없이는 줄 수 없어."

"우린 배고파요. 저쪽에 갔었는데, 거기서 여기로 가 보라고 했다고요. 그리고 우리 엄마들은 저 뒤에서 얘기 중이라고요. 그리고 ….."

"아, 알았다. 이것 가져가라."

여자는 그들에게 토마토소스를 듬뿍 뿌린 강낭콩 한 접시씩을 주었다.

"넌 거짓말쟁이야."

레드가 풀밭을 가로질러 걸으면서 말했다.

"그래도 먹을 것을 얻었잖아."

그가 씩 웃었다.

먹을 것을 다 먹자, 레드가 말했다.

"네 엄마 진짜로 죽었어?"

페리는 고개를 끄덕였다.

"네 아빠도?"

"아빠 살아 있어."

"그럼, 왜 아빠와 함께 살지 않아?"

"글쎄."

"하지만 적어도 넌 아빠가 있으니…"

"그 얘긴 하고 싶지 않아."

"그래도…."

"말하고 싶지 않다고 했잖아."

3. 마녀가 없는
헨젤과 그레텔

    둘이 궁전에 거의 다다랐을 즈음, 페리가 멈추어 서서 레드의 어깨를 잡았다. 그들 앞에 있는 자동차 지붕 위에 손에 뭔가를 든 남자아이가 있었다.

    "누구지?"

    레드가 말했다.

    "넌 상관 말고 여기 있어."

    페리는 몸을 숙여 돌멩이 하나를 집어 들고 앞서 걸었다.

    차 위에 있던 남자아이는 금속 막대기를 들어 올렸다.

    "쾅!"

    그는 자동차 앞 유리창을 후려쳤다.

"쾅! 쾅!"

이번에는 옆 창문이 사라졌다.

"그만해!"

페리는 돌멩이를 소년에게 세게 던졌다. 그는 돌을 피하더니, 날카로운 소리를 지르며, 머리 위로 금속 막대기를 휘둘러 댔다. 페리는 뛰어서 큰 돌과 파편을 넘어서 궁전을 향해 달렸다.

"날 화나게 했어? 이제 여긴 내 집이라고. 어서 와 봐!"

소년이 고함을 쳤다.

페리는 멈추어 섰다. 불량배 네 명이 뒤집힌 물동이 옆의 조금 남은 벽에 기대어서 각각 벽돌 파편을 들고 있었다. 곧이어 파편 덩어리 하나가 쉿 소리를 내면서 페리의 귀를 스쳐 지나갔고, 또 다른 것이 그의 어깨를 강타했다.

페리는 주춤 물러서며 레드를 향해 손짓했다. 레드는 몸을 돌려 달렸다. 뛰는데 차 위의 소년이 고함치는 소리가 들렸다. 그녀는 흘끗 어깨 너머로 뒤돌아보았다. 그는 보닛에서 바닥으로 뛰어내렸고, 금속 막대기를 높이 들고 페리를 향해 돌진했다.

잠시 페리는 그 자리에 가만히 있더니, 다섯 명의 소년이 한꺼번에 그를 덮치려 하자, 몸을 돌려 레드를 쫓아 뛰기 시작했다.

레드는 숨을 헐떡이며 입을 벌려 차가운 공기를 들이마시며 죽을힘을 다해 달렸다. 뒤를 쫓아오는 발소리가 들렸다. 그것이 페리의 발소리이기를 간절히 희망하며 달렸다. 무섭고 두려워서 감히 뒤돌아볼 엄두도 내지 못했다. 숨이 차 가슴이 아팠고, 발이 비틀거려서 거의 진흙에 미끄러질 뻔했다.

"계속 달려, 레드."

페리가 고함쳤다.

레드는 계속해서 부서지고 깨진 아스팔트 길을 따라 달려 내려갔고, 해변으로 밀려온 고래의 꼬리처럼 양쪽 끝에 내버려진 수많은 차량을 통과해서 운동장까지 갔다. 어깨 너머로 뒤를 돌아보았다. 페리가 거의 옆에 와 있었다. 쫓아오는 사람은 아무도 없었다. 그녀는 멈추어 서서 가슴을 꽉 쥐고는 숨을 몰아쉬었다. 그네에 앉았다. 그저 구조물만 서 있는 그네였다.

"누구야?"

페리는 고개를 저으며 몸을 구부려 숨을 거칠게 몰아쉬

었다. 잠시 후 그는 다시 몸을 폈다.

"나도 몰라. 내 생각엔 놈이 여기 대장인 것 같아. 어제도 놈과 싸웠거든. 그때는 혼자였는데."

"그럼, 멍도 그때 든 거구나."

페리가 고개를 끄덕였다.

"불공평해. 거긴 네가 먼저 차지한 곳이잖아."

페리는 어깨를 으쓱했다.

"너 그곳이 정들었구나. 하지만 지속하는 건 아무것도 없어. 계속 변하는 거야."

그녀는 발을 축축한 풀에 대고 밀어 그네가 부드럽게 앞뒤로 움직이게 했다.

"그럼, 이제 어떻게 하지? 우리는 어디서 자?"

페리는 잠시 대답을 하지 못했고, 그저 서서 숨이 정상으로 돌아올 때까지 가만히 있었다.

"구조센터로 돌아가야만 할 것 같아. 적어도 그곳에는 먹을 것과 잠잘 곳이 있잖아. 아마도 텐트에 우리가 잘 만한 공간이 있을 거야."

레드가 말했다.

페리는 머리를 흔들었다.

"더 좋은 곳을 알아. 따라와."

그녀는 내키지는 않았지만, 그네에서 미끄러져 내려와 그 옆에서 나란히 걸었다. 둘은 한 10분 정도를 아무 말 없이 걷기만 했다. 그들은 바다와 건물들과 점점 더 멀어져 갔고, 주택가도 지나쳤다. 집들의 벽과 창문, 문 등이 부서져 있었고, 어느 집은 벽 전체가 무너져 내렸다. 그 집의 내부는 마치 개미 둥지를 베어 낸 것처럼 내부만 남았다. 침대가 방의 절반을 차지한 여자아이의 보라색 침실, 책과 노트가 높이 쌓인 책상, 마루에 샌들과 신발, 머그컵, CD 커버, 잡지 등과 함께 놓인 빨갛고 하얀 색의 여름옷. 나도 이런 방이 있었을까 하는 궁금증이 생겼다. 페리가 그녀를 재촉했다.

거리나 마당에 사람들이 무리를 지어서 부서진 집 일부를 가리키며 얘기를 나누고 있다. 어떤 남자는 막 여름휴가를 떠나려는 양 속이 꽉 찬 여행용 가방 두 개를 갖고 있다. 그는 가슴에 랩톱과 서류를 안고 있었다. 으스스하게 조용했다.

레드와 페리는 헐벗은 나뭇가지와 잎사귀들, 종이, 목재, 쇳조각이 타원형으로 둘러싸인 넓은 잔디밭에 도착했다.

페리는 계속해서 걸었지만, 레드는 순간 멈추어 섰다. 전에 여기 와 본 적이 있던가? 뭔가 익숙한 것 같은데? 그녀는 기억을 더듬어 거친 돌멩이를 파헤치고 있다는 느낌이 들었다.

"빨리 와."

페리가 불렀다.

둘은 어느 초등학교 정문에 와서 멈춰 섰다. 경찰이 그곳 주변에 테이프를 쳐 놓았다. 거대한 학교 간판이 부서져서 금이 간 시멘트 바닥에 뒹굴고 있었다. 교실 문과 창문은 사라졌고, 진흙과 모래가 벽 1미터 높이로 휩쓸어 벽이 대부분 진흙에 파묻힌 상태였다.

페리는 테이프 밑으로 들어갔다.

"우리의 두 번째 집이야. 여긴 커서 진짜 궁전이 되기에 충분해."

페리가 말했다.

레드는 그를 따라 부서진 길을 가로질렀고, 나뭇가지와 무너진 담장 기둥을 뛰어넘었다.

"네 학교야?"

그는 고개를 저었다.

"아니. 난 이곳에 살지 않아. 저기, 우리가 머물 곳이야."

그는 본관 한쪽 끝으로 연결된 출입문을 가리켰다. 안으로 들어가니, 체육관 두 배만 한 공간이 나왔다. 무대 커튼은 천장으로부터 반은 찢어졌고, 쓰러진 장비와 골대, 매트리스가 벽 구석으로 심하게 쓸렸다. 레드와 페리는 진흙투성이 모래가 발목까지 잠기는 곳에 서 있었다. 부패한 냄새와 곰팡내가 코를 찔렀다.

"난 여기서 안 잘래. 딴 곳을 찾아보자, 위층이나 교실, 아니면 도서관이나 뭐 그런데."

레드가 코를 찡그리며 말했다.

그들은 밖으로 나갔다. 해는 이미 건물 뒤로 사라졌고, 지금은 본관을 가로질러 길게 그늘이 드리워졌다. 그들은 빨간색으로 '건강한 신체에 건강한 정신'이라고 쓰인 간판이 있는 매점을 지나서 무너진 출입구 앞까지 왔다. 넓은 시멘트 계단이 꼭대기까지 연결되어 있다. 안에는 컴퓨터 수십 대가 벽을 따라 놓여 있고, 책꽂이들에는 책이 가득 차 있다. 선생님 책상 뒷벽에는 수업 시간과 벌칙을 알리는 포스터가 걸려 있고, 그 옆에는 단체 사진을 비롯한 여러 사진이 붙어 있다. 네이비블루 교복을 입은 학생들이 얼굴에 햇빛을 흠뻑 받은 채 카메라를 보고 웃고 있다. 그들 뒤에는 팔짱을 낀 선생님들이 한 줄로 서 있었다.

레드는 책꽂이 사이로 걸어갔다.

오스트레일리아 역사: 오스트레일리아 전과자들, 베네롱의 인생, 여러 요리사들. 논픽션: 994-999, 음악: 780-789, 요리: 641-649, 대중교통: 620-629.

적어도 난 글을 읽을 순 있구나.

창문 끝 아래에 빈백 의자가 여러 개 흩어져 있었다. 그녀는 그곳으로 가서 한 의자에 앉았다. 고단하고 지친 몸을 감싸 주는 작은 구슬의 감촉을 느끼니, 기분이 좋아졌다. 생각해야만 한다. 내가 누구인지. 가족이 누구인지. 제이 마틴. 제임스 마틴. 어쩌면 존 마틴이나 조지프 마틴일지도 모른다. 그는 누구일까? 어떻게 해야 찾을 수 있단 말인가?

페리가 그녀 옆 의자에 털썩 주저앉았다.

"나쁘지 않군그래. 여기에 꽤 오래 있을 수 있겠어."

"책을 먹을 순 없잖아."

"그건 그렇지, 분명히 매점에 통조림과 즉석식품이 있을 거야. 그리고 마실 것과 사탕도. 가서 찾아볼게."

"다 엉망이 되었을 텐데 뭐."

"아닐 수도 있어."

그는 일어나서 문으로 향했다.

"함께 갈래?"

그녀는 고개를 저었다.

페리가 곁에 없을 때마다 마음이 텅 빈 것 같았다. 레드는 지난 24시간 동안 본 사람들의 얼굴과 구조센터의 커다란 게시판으로부터 사라진 사람들을 떠올리려고 애썼다. 울면서 소리치던 아이, 엄마처럼 보이는 여성과 함께 있었다. 아빠를 잃어버린 것일까? 내게도 엄마 아빠가 있을까? 엄마 아빠는 어떤 사람일까?

그녀는 두 눈을 꼭 감았다. 아, 미칠 것만 같다. 뭔가 해야 한다. 그녀는 일어서서 책장 사이를 통과하며 서서히 몸을 움직였다. 논픽션, 참고 사전, 퍼즐, 워드 게임 코너를 지나 다른 섹션으로 넘어갔다. 소설이다. 금색 글자와 도약하는 검은 용 그림이 그려진 두툼한 판타지 책들. 이번에는 좀 더 작은 책장 앞에 다다랐다. 책꽂이가 낮아서 무릎을 꿇어야만 책을 볼 수 있었다. 그림책이다. 조금 두툼한 책 한 권을 꺼내서 바닥에 주저앉았다.

그림의 동화책이다. 표지에는 회색 강철 갑옷을 입은 기사를 향해 긴 자줏빛 가운을 입은 여자가 비스듬히 기울어 있다. 레드는 이 책을 무릎에 놓고 책장을 넘겼다. 제목은 『헨젤과 그레텔』이다. '옛날 옛적에 헨젤과 그레텔이라는 두 아이가 있었다.' 순간 멈추었다. 알고 있는 이야기다. 두 눈을 감았다. 이 이야기는 숲 속에 남겨진 두 아이에 관한 이야기다. 사악한 계모와 나무꾼인 아버지. 초콜릿으로 만들어진 집. 헨젤을 잡아먹으려는 사악한 마녀를 그레텔이 오븐으로 밀어 넣는다.

레드는 갈팡질팡 흔들렸다. 어떻게 알고 있지? 전에 이 책을 읽은 적이 있었던가? 아니면 누군가가 내게 읽어 준 것일까? 내게도 이런 이야기를 들려줄 사람이 있었을까? 누구지?

또 다른 책 한 권이 시선을 끌었다. 얇은 책으로, 색채가 풍부하지도 않았고, 큼직하고 밝은 서체도 없었으며, 눈에 띄는 삽화도 없었다. 표지는 평범하고 단순했다. 흰색 바탕에 검은 선으로 어떤 여자아이를 그려 놓았다. 짧고 단정치 못한 머리에 티셔츠를 입고 있다. 목탄이나 크레용으로 거칠게 그린 그림이다. 크고 검은 두 눈은 정면을 똑바로 응시하고 있다. 레드는 마치 그 소녀가 자기 자신을 바라보는 느낌을 받았다.

막 첫 장을 펼치려는데, 문에서 시끄러운 소리가 들렸다. 페리가 온 것이다. 두 팔에 통조림과 즉석 파스타, 주스 병 등을 한 아름 들고 나타났다.

레드는 재빨리 책을 책꽂이 아래에 밀어 넣었다. 그러다가 그 책 하드커버에 손가락이 긁혀서 쓰라렸지만, 애써 참았다.

막대 초콜릿이 페리의 호주머니에 꽂혀 있다.

"이것 봐. 굶어 죽진 않겠어."

그는 가져온 것을 사서 책상에 모조리 쏟아 놓았다.

"그리고 이것도 찾아냈어."

그는 깡통따개를 들어 올렸다.

레드는 그 옆으로 가서 통조림들을 바라보았다.

"토마토 캔, 참치 캔, 구운 강낭콩 캔. 그러네, 우린 굶어 죽진 않겠어. 넌 멋진 도둑이야."

그녀는 막대 초콜릿을 집어 포장을 벗겼다.

"다년간의 경험이지."

"이것이 네가 살아남은 방법이야? 내 말은, 어디서 살았느냐는 말이야. 그러니까 사이클론이 왔을 때 어디에 있었느냐고."

페리는 책상 위에 앉았다.

"여기서 2킬로미터쯤 떨어진 크고 오래된 창고에서 살았어. 다른 애들과 함께. 날씨가 아주 더울 때는 더러 해변으로 내려가서 잤어. 그런데 어느 날, 창고 지붕이 바람에 날아가 버렸어. 그러곤 비가 내렸지. 그래서 거기서 나와야 했어. 파도가 심하게 치던 그날 밤에 나는 교회에서 잤어. 여기만큼 좋진 않았지만 말이야."

그는 빈백 의자들을 가리켰다.

레드는 고개를 저었다. 교회에서 잤다. 나도 그런 적이 있었을까? 그럴 수 있을까? 지금도 학교에서 자려고 하지 않는가.

페리는 캔과 즉석요리를 분류하느라고 분주했다.

"뭐 하고 있었어?"

레드는 어깨를 으쓱했다.

"별건 없었어. 책을 좀 읽었어. 근데 좀 이상해. 내가 누구인지는 모르는데, 헨젤과 그레텔이라는 책을 읽다 보니, 알고 있는 내용이더라고. 그건 기억을 하는 거야."

"헨젤과 그레텔?"

"있잖아, 아버지와 사악한 계모가 숲에 아이들을 버린 이야기."

"음~."

"뭐라고 했어?"

"아니, 난 모르는 얘기야."

"그때 아이들은 과자와 초콜릿으로 만든 마녀의 집을 발견해."

페리는 허공에 젤리빈(콩 모양의 젤리 과자) 봉지를 흔들어 댔다.

"우리처럼, 응? 우리에겐 마녀만 없을 뿐이네. 적어도 지금만큼은 우리와 다르네."

그는 봉지를 찢어서 입에 과자 두 개를 집어넣었다.

"가끔 내가 누군가가 만들어 놓은 이야기 속 주인공과 조금 비슷하다는 생각이 들어. 그들이 나를 조종하고 그들이 내가 누구인지, 제이나 제임스 마틴이 누구인지를 스스로 찾아내도록 하는 거야. 아, 그 끝이 어떻게 되는지 알았으면 좋겠다."

페리는 책상에서 미끄러져 내려와서 사진 앞에 잠시 서

있었다.

"레드, 이 사진들 봤어?"

그는 단체 사진 하나를 강렬하게 응시하면서 말했다. 그의 손가락은 학생들 얼굴을 따라 이리저리 움직였다.

"아니, 왜?"

"여기 두 번째 줄에 있는 여자애 말이야. 너 같은데."

4. 사진 속 얼굴들

"너 맞네."

페리는 '5학년'이라는 푯말을 든 여학생 옆에 앉은 소녀를 가리켰다.

레드는 사진을 응시했다. 정말로 나일까? 머리를 뒤로 젖히며 얼굴에 함박웃음을 띠고 있는 소녀. 누군가 재미난 얘기를 한 것임이 틀림없다. 그저 평범한 모습이다. 짧은 붉은색 머리카락에 다른 아이들과 비슷한 키, 모두 똑같이 가슴에 흰색 나무 로고가 있는 파란색 셔츠를 입고 있다.

"2년 전 사진이야. 다른 사진들도 보자."

페리가 말했다.

3년 전 사진에도 그녀가 있다. 이번에는 눈까지 앞머리를 내렸고, 포니테일로 묶은 머리가 왼쪽 어깨에 닿았다.

"여기 있어. 그럼, 작년에도 있을까? 6학년 말이야."

없었다. 그들은 손가락으로 아이들의 얼굴을 자세히 짚어 보았다. 다른 아이들은 다 똑같이 있고, 이번에 풋말은 남자아이가 들었다. 레드는 사진 속 친구와 함께 있고 싶다는 감당하지 못할 감정이 밀려왔다. 사진에는 그녀만 없었다.

"네가 아팠는지도 모르지. 아니면 도망쳤든가. 나는 늘 그랬거든. 그래서 학급 사진에 난 없어."

페리가 말했다.

레드는 고개를 저었다.

"난 그때 이 학교에 다니지 않아서 없는 거야."

그렇다면 난 어디에서 왔는가? 어디에 살았던가?

"어떻게 알아?"

페리가 말했다.

"몰라. 그냥 내 입에서 그렇게 나온 말이야."

레드는 두 눈을 감고 머리를 뒤로 젖혔다.

"그 이상은 아무것도 몰라."

둘은 한동안 말없이 초콜릿과 젤리빈을 먹었다. 그러다 페리가 말했다.

"네가 이 학교에 다녔다면 분명히 어딘가에 기록이 있을 거야."

"무슨 말이야?"

"학교 아이들은 모두 기록부가 있어. 거기에 그 아이가 누구인지, 부모가 누구인지, 어디에 사는지, 아이가 학교에서 한 행동을 비롯한 모든 것을 기록해 놓지."

"그래? 넌 그걸 어떻게 알아?"

"난 늘 학교 문제아였어. 아빠가 불려 와서 선생님들하고 상담할 때 선생님들은 내 정보가 담긴 출력물을 가지고 있었어. 내가 말썽을 부린 것을 기록해 놓은 거였지."

"그렇다면 컴퓨터에 있을까?"

그는 고개를 끄덕였다.

"하지만 지금은 전기가 안 들어와 파워를 켤 수가 없잖아."

"으음, 그렇지."

갑자기 페리는 사진 아래의 붙박이장을 열어서 잡지와 회보들을 꺼내서 그것들을 뒤졌다.

"뭐 하는 거야? 뭘 찾는 거냐고?"

"일부 학교들은 잡지나 신문을 만들어. 그리고 아이들이 한 일을 사진 찍어서 보관도 해. 네가 있을 수도 있잖아."

"오래된 일인데."

"사서들은 그런 것들을 보관해 놓거든."

"그런 걸 어떻게 알아?"

페리가 씩 웃었다.

"내가 다녔던 학교에서 봤어."

레드도 그를 도왔다. 둘은 책과 도서관을 샅샅이 뒤져서 부모들의 정보가 가득 담긴 회보들을 찾아냈다. 더러는 학생이 발표하거나 전시회에 참가한 사진들도 있었다. 하지만 6개월 이상 된 것은 아무것도 없었다.

"넌 없는데. 5학년 이후 넌 없어."

어두워졌다. 둘은 도서관 주변에 흩어져 있는 빈백 의자를 모아 와 창가에 잠자리를 만들었다.

"책 읽어 줄까? 잠들도록 말이야."

레드가 말했다.

"말도 안 돼. 이제껏 아무도 나한테 그런 것을 해 준 사람은 없어."

"아니면 이야기로 해 줄게."

레드는 의자에 몸을 깊숙이 묻고, 두 무릎을 턱 아래까지 끌어당겼다.

"옛날 옛적에 제임스 마틴이라는 유명한 배우가 있었어. 그는 해안 근처에 살았지. 배도 있었어. 그래서 어디나 배를 타고 바다에 나가곤 했지. 가끔은 가족과 가기도 하고 혼자 가기도 하고 말이야. 그러던 어느 날, 그는 혼자서 바다에 나갔어. 어마어마한 사이클론이 온다는 것을 몰랐던 거지. 가족은 그가 죽었다고 생각했어. 하지만 그의 배는 아주 멀리 밀려 나가서 육지에 닿았고 그는 그때 배에서 튕겨져 나갔어. 그 바람에 머리를 다쳤고, 자신이 누구인지를 기억할 수 없었어. 한동안 그는 주변을 배회했어. 그는 몸이 점점 회복했고, 자신에게 딸이 하나 있다는 것을 기억해 냈어. 그래서 딸이 무사한지를 알고 싶어서 구조센터를 찾아갔지. 혹시 그곳에 있나 해서 말이야."

"거기에 있었어?"

"아니. 하지만 딸은 사진을 붙여 놓고, 매일 아빠가 찾으러 왔는지를 보러 왔어. 그래서 어느 날 두 사람은 만나게 됐지."

"그래서 어떻게 됐는데?"

"그 이후 행복하게 살았어."

"그런 일은 없어, 레드. 장난치지 마."

"그저 이야기일 뿐이야."

"그래도."

"어쨌든 구조센터에 다시 가고 싶어. 아침에 가 봐야지."

레드는 일찍 잠에서 깼다. 페리는 아직 자고 있다. 그는 빈백 의자에서 굴러떨어져 바닥에 널브러진 채로 자고 있었다.

그녀는 몸을 일으켜 조용히 창가로 갔다. 핑크빛 아침 햇살이 창문 아래 뜰에 비쳤다. 창문턱에서 죽은 파리들을 털어 내며 창밖의 쓰러진 나무 그루터기 주변에 있는 의자를 응시했다. 저곳에 앉은 적이 있을까? 난 어디서 점심을 먹었을까? 친구와 함께 먹었나? 왜 그들이 기억나지 않는 걸까? 왜 마지막 사진에 나는 없는 걸까? 그녀는 책상으로 가서 사진들을 응시했다.

자기 주변에 서 있는 아이들의 이름을 떠올려 보려고 인상을 썼다. 5학년 사진에서 옆에 선 여자아이는 검은 곱슬 머리에 팔을 깁스하고 있다. 내가 있을 때 학교에서 팔이 부러진 것일까? 아니면 운동장에서 정글짐을 하다가 떨어 진 것인가? 푯말을 든 여자아이는 누구일까? 그 아이는 다른 아이들보다도 더 머리가 짧고, 가장 환하게 웃고 있다. 왜 이 아이가 푯말을 들고 있을까? 이름은 뭐지?

레드는 도서관 중심에서 벗어나 옆 칸으로 들어갔다. 더 많은 컴퓨터가 포스터로 뒤덮인 벽에 일렬로 설치되어 있었다. 포스터 제목은 '책 읽기 도전에 참여하기', '왕따 근절하기', '다양함 추구하기', '도서관 좋아하기' 등이었다. 책상은 말발굽 모양으로 배치된 것으로 보아 토론 준비를 한 것 같았다.

레드는 바닥에 놓여 있는 백팩을 집어 들었다. 무엇이 들었는지를 보려고 뒤집어서 가볍게 털었다. 까매진 바나나 두 개가 바닥으로 떨어졌다.

그녀는 백팩을 들고 다시 도서관 책상으로 와서 그 속에 페리가 가져온 먹을 것을 조금 넣었다. 그러고는 책꽂이로 갔다. 그녀는 어제 책을 숨겨 놓았던 곳에서 책을 꺼냈다.

왜 이러는 것일까?

그녀는 가방 안에 그 책을 집어넣었다.

페리가 뒤척였다.

"일찍 일어났네."

그는 일어나 배를 웅크리고는 두 손으로 턱을 괴었다.

"오늘은 뭐 할 거야?"

"구조센터에 가려고. 우리 사진에 누가 글을 남겼는지 보러 가야지. 쓸데없는 짓인 거 아는데, 아무것도 없을 테니까. 그래도 가 봐야만 해."

그녀는 에너지 바를 그에게 던졌다.

"아침이야."

둘은 복도를 따라 중간 계단으로 내려갔다. 벽에는 이야기와 시 몇 편이 압정으로 고정되어 있다. 레드는 그것을 읽지 않고 계속 걸었다.

둘은 풀이 발목까지 오는 곳을 가로질러서 쓰레기 파편들이 흩어져 있는 곳으로 발길을 돌렸다. 태양은 뜨거웠고, 햇살은 그들 앞 집의 양철 지붕에서 춤을 추었다.

"날씨 좋은데, 수영하면 좋겠는데."

페리가 말했다.

"이런 곳에서?"

"그냥 생각이 그렇다는 거지."

둘은 경찰이 쳐 놓은 테이프 아래로 몸을 숙여 나와서 어제 왔던 길로 향했다.

"넌 누군가가 우리 사진 밑에 글을 남겼을 거라고 생각하지?"

페리가 말했다.

"글쎄."

레드는 앞을 응시하며 걸었다. 상상한 장면이 있었다. 하지만 페리에게는 말하지 않았다. 상상 속에서는 분명히 사진에 엄마나 아빠가 글을 남겼다. 그들은 나를 찾고 있었다고 말한다. 그리고 날 찾게 된 것에 무척 안도한다. 기적이다. 부모님은 구조센터에 와서 사진 바로 옆에 서서 내가 게시판을 체크하러 오기를 기다린다. 그들은 내가 오는 것을 보고는 뛰어와서 두 팔을 활짝 벌린다. 눈물이 흘러내린다. 그들이 내 가족이다. 그들은 내 이름을 알고 있고, 내게 그 이름을 알려 준다. 그리고 나도 그들을 알아보게 된다.

레드는 사람들이 앞다투어 부서진 가구와 울타리 난간, 벽돌과 콘크리트를 주워 모으는 광경에는 눈길도 주지 않고, 페리를 따라서 골목으로 발길을 돌렸다. 휠체어를 탄 어떤 할아버지가 헉헉 소리를 내며 그들 옆을 지나쳤다.

상황은 어제와 똑같았다. 어마어마한 사람들이 모여 있고, 아이들은 잔디에서 훌라후프와 공을 가지고 놀고 있다. 어떤 사람들은 구조센터를 향해서 가고 있고, 어떤 이들은 무슨 일이 일어나기를 기다리며 그저 주변을 어슬렁거렸다. 웅얼거리는 소리와 윙윙거리는 소리가 배경 소음으로 깔렸다.

레드는 개인들이 말하는 소리는 들을 수 없었지만, 마치 모든 사람이 말하고 질문하며 그들의 목소리로 허공을 채우는 것 같은 착각에 빠졌다.

마침내 그들은 출입문을 향해 쭉 늘어선 무리에 합류했다. 레드는 주먹을 너무 꽉 쥐는 바람에 손톱이 손바닥에 상처를 내었다. 찢어진 피부로부터 고통이 전해졌다. 억지로 두 손을 쫙 펴 보았다. 누군가가 사진에 글을 남겨 놓았을 것이다. 꼭 그래야만 한다. 페리가 먼저 들어갔다. 그는 앞에 가는 사람들을 지나쳐서 게시판에 도착했다. 레드도 따라 들어갔다. 군중에 밀려 그녀는 첫 번째 게시판을 지나갔다. 바로 그때 페리의 목소리가 들렸다.

"레드, 레드, 빨리 와. 이것 봐!"

그녀는 급하게 사람들을 제치고 그에게 다가왔다. 뭔가 있는 것이 틀림없었다. 엄마일까? 아빠일까? 사진 아래에 아무렇게 휘갈겨 쓴 글이 있었다.

루비 마틴? 넌 5학년 때 내 친구 징거 같은데.

재즈가

01048109556.

그리고 난 네게 남자 형제가 있는 줄은 몰랐네.

5. 재즈와의 만남

사진 속에서 내 옆에 앉은 여자아이다. 팔이 부러진 아이. 팔은 정글짐 때문이 아니라 롤러블레이드 타다가 그런 것이었다. 우리는 이 세상에서 롤러블레이드를 가장 잘 타는 아이들이었다. 그래서 재즈와 나는 뽐내며 손을 잡고 운동장을 가로질러 질주하다가, 재즈가 콘크리트 갈라진 틈에 쿵 하고 부딪히면서 둘은 우리 반 아이들과 톰킨 선생님 발치에 큰대 자로 뻗었다. 선생님은 놀라서 거의 기절할 지경이었고, 재즈는 비명을 질렀다. 나는 괜찮았다. 앰불런스가 왔고, 재즈는 깁스를 했다.

페리가 레드를 흔들었다.

"왜 그래? 재즈가 누구야?"

"기억이 났어. 내 절친이었어. 사진에 팔 부러진 애."

"그럼, 어서 전화해 보자. 걔는 너가 누구인지 알 거 아니야. 네 부모님이 어디 있는지도. 또 네가 왜 6학년 사진에 없는지도 알려 줄 거야."

레드는 게시판의 메모를 찢어서 접고 또 접어서 작은 네모를 만들어 주머니에 넣었다.

재즈는 내가 누구인지 말해 줄 수 있다. 재즈는 텅 빈 머릿속을 채워 줄 수 있다. 어떤 질문이든지 다 해서 내 빈 상자를 꽉 채울 수 있다.

그 사고 이후 무슨 일이 있었을까? 팔이 부러진 뒤 말이다. 더는 아무것도 생각나지 않는다. 부모님의 모습도, 큰 대 자로 넘어진 이후의 재즈의 모습도. 그다음엔 무슨 일이 벌어졌을까?

둘은 태양 아래 잔디에 앉아서 젤리빈 포장지를 하나 뜯었고, 레드는 입에 한 줌 집어넣었다.

"휴대폰을 빌릴 수 있을 거야. 아니면 동전이라도. 너가 걔한테 전화를 해 약속을 정해서 만나면 네가 알고 싶은 걸 다 들을 수 있을 거야."

페리가 말했다.

레드는 그를 보지 않았다.

"좀 묘해."

그녀는 풀 잎사귀 하나를 세게 잡아 뽑더니, 중간을 손톱으로 눌러서 말끔하게 두 개로 쪼개며 말했다.

"나에 관해 듣는 것만으로는 충분하지 않아. 기억해 내야 해. 그 말을 무조건 믿을 수는 없잖아."

"하지만 네 친구가 말해 주면 생각이 날 수도 있잖아."

"그럴지도. 아, 잘 모르겠어."

"힘내, 레드."

페리는 날 떼어 내려는 걸까? 페리는 날 발견했고, 이젠 내 친구라는 아이한테 날 떠넘길 수 있다. 그러면 그의 임무는 끝이다. 그는 날 재즈에게 전달해 주면 된다.

레드는 그를 따라서 사진 찍었던 곳으로 갔다. 페리는 책상 뒤 여자에게 말을 건네더니, 휴대폰을 들고 돌아왔다. 레드는 메모를 펴서 그에게 건넸다.

페리는 버튼을 눌렀다. 그는 레드 옆에 아주 가까이 서서 버튼을 하나하나 누를 때마다 레드가 그 음을 들을 수 있도록 했다. 벨 소리가 울렸다. 레드는 그 소리를 세었다.
세 번, 네 번, 다섯 번. 아마도 재즈는 전화기 옆에 없는 것
같았다. 어쩌면 방바닥에 방치되어 있거나 아니면 전화를
두고 외출했을 수도 있다. 그것이 아니면 전화기를 잃어버
렸을 수도 있다. 어쩌면….

"여보세요?"

페리는 전화기를 레드에게 내밀었다.

"여보세요? 누구세요?"

"저… 나… 징거야."

그녀는 이렇게 말했다. 그런데 이 말은 마치 전혀 의미를
이해할 수 없는 딴 나라 언어처럼 들렸다.

"징거! 너 맞구나, 사진 속. 굉장한데, 그래 너였어. 와!
그래, 징거야. 정~말 굉장해. 그런데 함께 찍은 남자애는
누구야? 너 남자 형제 없잖아? 혹시 남자 친구니? 오, 잘
됐다…. 정말 멋져! 어디야? 언제 만날 수 있어? 그런데 왜
네 이름을 루비 마틴이라고 했어?"

"저 말이야…나도 잘…넌 어디야?"

"집. 참 넌 우리 집 모를 거야. 이사했어, 1년 전에. 넌 어
디야?"

"네가 사진 본 곳이야. 저 말이야, 나 폭풍 때문에 모든 게 엉망이야. 얘기하자면 길어."

"우리 보자. 잠깐만 기다려 봐."

전화기 너머로 말하는 소리가 들려왔다. 레드는 수화기를 손으로 가리고 페리에게 속삭였다.

"이 애가 엄마보고 여기로 데려다 줄 수 있느냐고 물어보는 것 같아. 어떻게 해야 하지?"

페리는 어깨를 으쓱했다.

"오라고 해. 맛난 걸 먹게 될 수도 있잖아. 그 애 엄마 기억나?"

레드는 고개를 저었다.

"구조센터에서 기다려. 본관 출입문 옆 잔디에 있어. 우리가 갈게. 울 엄마가 오늘 일하러 안 간대. 엄마가 그러는데, 이따 널 우리 집으로 데려올 거래. 잘됐지? 아, 얼른 보고 싶다."

재즈가 큰 목소리로 말했다.

"저…."

"기다려."

"응, 알았어."

레드는 전화를 끊고, 전화기를 구조센터 여자 직원에게 돌려주었다.

"좋은 결과를 얻었니?"

그녀는 환한 미소를 지으며 두 눈썹을 위로 치켰다.

"네, 그럼요."

페리는 이렇게 말하고, 레드와 서둘러서 햇살이 비치는 밖으로 나왔다.

"오는 데 얼마나 걸린대?"

"나도 몰라. 안 물어봤어."

"난 없는 게 나을 것 같아."

"왜?"

"그 애한테 모든 얘기를 들을 텐데, 내가 옆에 있으면 불편할 거야."

"어디로 갈 거야?"

"돌아다니면 돼. 신경 쓰지 마."

둘은 본관 출입문 앞으로 왔다. 레드는 숨을 깊게 들이쉬었다.

"페리, 함께 가자, 응? 어쩌면 재즈가 마음에 안 들 수도 있잖아. 그 애도 마찬가지일 수 있고. 그 애 가족에 대해서 아무것도 기억이 안 나. 그들도 맘에 들지 않으면 어떻게 해? 어쩌면 그들이 나를 쥐고 흔들려고 할지도 모르잖아. 그럼, 내가 어떻게 해야 하는지 좀 알려 줘야지. 혼자 가고 싶지 않단 말이야."

"알았어. 나도 함께 있어야 더 잘 먹을 수 있을 거야. 그러는 게 나도 좋아."

페리는 주저하지 않고 말하며 씩 웃었다.

"징거!"

레드는 이렇게 부르는 재즈의 목소리를 들었고, 곧이어 그녀가 모습을 드러냈다. 진한 까만색 곱슬머리의 여자아이가 손을 흔들며 군중 사이를 이리저리 헤치며 다가왔다. 재즈는 멈추어 섰고, 레드는 물끄러미 쳐다만 보았다. 순간 둘은 서로 팔을 끌어안고 뺨을 비볐다. 재즈는 웃고 있었고, 레드는 할 말을 잃었다. 기억이 났다. 이 아이를 알고 있다. 정말로 알고 있는 아이다. 레드는 뒤로 물러나서 그녀를 응시했다. 역시 재즈다.

그때 재즈가 페리를 향해 몸을 돌렸다.

"난 재즈야."

그녀는 손을 내밀었다.

"페리야. 난 이 애 가족이 아니야. 사연이 있었어."

"나중에 얘기해 줘. 엄마가 저 위에 차를 세워 놓았어."

재즈는 레드와 페리 사이로 와서 양쪽으로 팔짱을 끼고는 잔디를 넘어 엄마가 기다리는 곳으로 갔다.

검은색 자동차에 기대어 선 여자는 낯설었다. 그녀는 레드를 보자, 두 팔로 그녀를 안았다.

"이렇게 다시 보게 되다니."

레드의 코는 그녀의 금목걸이에 눌렸고, 고약한 향수 때문에 숨을 쉬기가 곤란했다.

"저…."

이것이 레드가 할 수 있는 말의 전부였다.

"이 청년은 누군가?"

"페리예요."

레드는 그녀의 품에서 빠져나와서 그녀가 페리에게 손을 내미는 것을 지켜보았다.

"차에 타자. 우선 우리 집으로 가서 도대체 무슨 일인지 얘기하자. 점심도 먹고. 여기는 빠져나가는 게 좋겠어."

그들은 구조센터를 출발해 해변을 뒤로한 채 서쪽으로

향했다. 나뭇가지들은 부러져 길가에 널브러져 있었다. 어떤 자동차는 큰 나무줄기의 습격을 받아 짜부라져 있었고, 때때로 양철 지붕이 펄럭이는 집과 그것을 복구하는 사람들이 눈에 띄었다.

그들은 막히는 길을 천천히 움직여 갔다.

"기차도 탈 수 없게 됐어. 지하에 물이 들어와 그 부근 전기가 다 나갔거든. 도시 통신망도 거의 끊어진 상태야."

재즈의 엄마가 말했다.

"우리가 가는 곳은 어딘가요?"

레드가 물었다.

"우린 지금 버우드에 살아. 거긴 괜찮아. 그곳에서 학교에 다녀. 우리가 항상 함께 어울려 다닌 거 기억나니?"

재즈가 말했다.

레드는 고개를 끄덕였다. 기억이 나지 않았지만, 그렇게 말하는 것이 나을 것 같았다. 그들은 한참을 달렸고, 레드는 얼굴을 창가로 돌렸다.

이제 밖의 전경은 폭풍이나 물에 거의 영향을 받지 않은 완전한 집들로 가득 차 있다. 걸어가는 사람들은 좁은 길을 따라 줄을 이었고, 그들은 복잡한 상점을 들락거렸다.

사이클을 탄 사람들이 샛노란 색의 옷을 입고는, 차와 차 사이를 쏜살같이 헤집고 다녔다. 갑자기 완전히 딴 세계로 들어온 느낌이다.

그들은 널찍한 베란다에 앉아서 점심을 먹었다. 재즈의 엄마는 파스타가 든 그릇과 샐러드, 얼음물 주전자 등을 나르느라고 소란스러웠다. 바쁜 와중에도 재즈의 엄마는 책장에서 카메라를 가져왔고, 레드와 재즈는 함께 앉아 웃으며 어깨동무를 하고 사진을 찍었다. 그런 다음 레드는 파스타를 나선형으로 돌려서 입으로 가져갔다. 파스타에는 토마토소스와 마늘, 허브, 올리브가 들어 있었다. 친숙한 맛이다. 전에도 이런 파스타를 자주 먹었을까?
페리는 쩝쩝 소리를 내어 가며 두 접시나 먹어 치웠다. 레드의 두 눈은 말끔하게 깎인 잔디와 바질과 민트가 빼곡한 허브 정원과 불규칙하게 자란 호주 식물 그레빌라 등에 꽂혔다. 꿀빨이새들이 얇은 나뭇가지들 위에 균형을 맞추어 앉아서 부리로 만발한 꽃을 쪼아 대고 있다. 나도 이런 곳에서 산 적이 있을까? 정원과 새들이 보이는 베란다에서 점심을 먹은 적이 있을까? 아주 작은 도마뱀이 꽃밭의 사암 벽 위를 스르륵 넘어갔다.

"다 먹었다."

재즈는 자신이 먹은 접시를 옆으로 밀어 놓고, 의자 뒤로 등을 기대었다.

"자, 말해 봐. 왜 네 사진이 게시판에 걸린 거야? 아빠는 어디 있어?"

"몰라. 그런데 넌 왜 구조센터에 왔었어? 폭풍에 잃어버린 사람이라도 있어?"

"아니, 너도 알다시피 엄마가 선생님이잖아. 지금은 교육부에서 일하셔. 그래서 거기에 일을 도우러 파견 나갔지. 그곳 학교는 모두 무너졌고, 아이들은 뿔뿔이 흩어졌어. 난 그냥 상황이 어떤가 한번 보려고 엄마를 따라갔을 뿐이야. 그런데 너희 둘은 왜 같이 있어?"

"페리가 날 발견했어. 내가 진흙 속에 있는 것을. 부러진 나무들과 무너진 집들 사이에서 날 찾아냈어."

레드가 말했다.

"죽은 줄 알았어. 진흙과 바닷물을 너무 많이 먹었거든."

페리가 말했다.

"그럼, 넌 아빠가 어디 있는지 모른다는 거야?"

"아무것도 몰라. 나 기억을 잃었어."

레드는 테이블 나무를 손톱으로 긁었다.

"어떻게 기억을 잃었는지도 모르겠어. 아마도 머리를 부 딪친 거 같아. 어떤 것도 떠오르지 않아. 부모님도, 내가 살던 집도, 아무것도. 재즈, 너도 기억하지 못했어. 내 이 름이 징거라는 것도. 네가 써 놓은 메모를 보기 전까지는 백지상태였어."

"그럼, 내가 메모를 남겨 놓지 않았다면 넌 나에 대해 알 지도 못했을 거란 말이야?"

레드는 고개를 끄덕였다.

"우린 유치원 때부터 함께 다녔어. 다섯 살 때부터 알았 다고."

"소용없는 일이야. 기억을 못 하는데 뭐."

"그럼, 네 가족은? 아빠는? 아빠도 기억 안 나?"

레드는 대답하지 못했다.

갑자기 머리와 몸이 무거워졌다. 질문이 너무 많다. 입 좀 닫아, 재즈.

"그래서 네가 데리고 가서 사진을 찍은 거야?"

페리가 고개를 끄덕였다.

"넌 왜 거기 있었어? 그 근처에 살아?"

페리는 대답하지 않았다.

재즈는 그냥 넘어가지 않았다.

"가족이 있을 거 아니야, 페리. 그들은 어디 있는데?"

"난 가족과 함께 살지 않아."

그는 시선을 피했다.

"그럼, 어젯밤은 어디서 잤어?"

"학교에서. 우리는 모든 것이 엉망진창인 곳을 빠져나오고 싶었어. 그래서 교실이 많은 학교가 제격이라고 생각했지. 물론 학교도 많이 파괴되었지만, 우리가 들어가는 데는 무리가 없었어. 우린 도서관에서 잤어."

재즈는 웃었다.

"맥 선생님 도서관이구나. 나도 거기 좋아해."

"거기 벽에서 사진을 보았어. 그래서 거기가 레드의 학교인 줄 알았어. 그런데 마지막 학년 사진에는 없더라고."

"그건 네가 떠났기 때문이지."

재즈는 레드를 바라보았다.

"떠났다고? 어디로?"

"좋은 질문이야."

재즈는 어깨를 으쓱하며 말을 이었다.

"그들이 교실로 와서 너를 데려갔어. 네 아빠와 또 다른 사람이. 그들은 당장 네가 가야만 한다고 했어. 그래서 너는 가방을 싸서 떠났지. 우리는 그날만 그런 줄 알았어. 아니면 며칠 정도. 그런데 그게 널 본 마지막이었어. 그건 끔찍한 일이었어. 왜냐하면 넌 학급 공연을 준비 중이었거든. 다음 날도 그다음 날도 네가 돌아오지 않아서 공연을 연기할 수밖에 없었어. 그다음 주로 연기했는데, 결국 멍청한 트레버 호가 노래를 하게 되었지. 네가 훨씬 잘했어."

학급 공연이라.

나는 차에서 울고 있다. 나는 노래를 해야만 한다고 말하고 있다. 아빠다. 아빠가 미안하다고, 정말 미안하지만, 이것은 내 인생에서 무엇보다도 더 중요하다고 말하고 있다. 우리는 가고 있다. 당장 도시를 빠져나가고 있다. 나는 가방을 싸서 친구들에게 작별 인사도 하지 못했다. 우리는 아빠를 쫓아오는 사람들이 그를 찾지 못할 곳으로 가고 있다. 나는 앞좌석 뒤를 발로 차면서 노래해야 한다고 말한다. 아빠가 앞 조수석에서 뒤돌아본다. 면도를 안 해서 까칠해 보인다. 아빠도 울고 있다. 그는 미안해, 미안해, 미안해라는 말을 연신 내뱉고 있다. 이것은 그가 계획했던 일이 아니다. 아빠는 다시는 우리가 이런 일을 하지 않을 거라고 생각했었다. 하지만 우리는 또 다른 장소로 가고 있다. 이름을 바꿔야 하고, 다시는 돌아오지 못할 것이다. 이렇게 하는 것이 우리의 목숨을 구하는 일이고 우리를 보호하는 길이다.

레드는 벌떡 일어서서 베란다 끝으로 갔다. 양쪽 어깨가 떨렸다. 아빠의 얼굴을 보았다. 까맣고 숱이 많은 눈썹, 말할 때 양 미간에 수직으로 잡힌 깊은 주름, 창백한 입술 위의 작은 상처. 그들은 공항으로 가서 비행기를 탔다. 아빠는 애들레이드로 간 다음, 시골의 작은 마을로 갈 거라고 했다. 그런데 이름이 다르다. 로지다.

"내 이름이 뭐야?"

레드는 얼굴을 재즈에게로 돌렸다.

"난 징거가 아니야. 내 진짜 이름이 뭐냐고?"

6. 시크릿 로켓

"리안논, 리안논 찰머스. 난 널 리나라고 불렀어. 내 말은 내가 널 징거라고 부르지 않을 때 말이야."

리안논? 찰머스? 도대체 모르는 이름이다.

"리안논, 로지, 레드, 리나, 루비."

페리는 손가락으로 이름을 세었다.

"모두 'ㄹ'로 시작하는데, 그렇지 않니?"

"나 때문은 아니었어. 왜 우리는 멀리 떠난 거지? 아빠 우리에게 보호가 필요하다고 했어. 누구로부터? 왜?"

레드가 다시 제자리로 와서 앉았다.

"아마도 네 아빠는 거물 사기꾼들한테 걸려서 위험에 처한 것 아닐까? 아니면 네 아빠가 사기꾼이든가."

페리가 말했다.

"멍청한 말 하지 마."

레드가 쏘아붙였다.

"아니면 스파이나 뭐 그런 거겠지."

페리가 다시 말했다.

"멍청한 말 좀 그만해. 징거 아빤 다른 아빠와 똑같았단 말이야. 우릴 캠핑에도 데려가고, 최고로 멋진 생일 케이크도 만들어 줬다고."

재즈가 말했다.

재즈는 레드를 바라보았다.

"우리가 축구 경기에서 이겨서 네 아빠가 초록색 축구장 케이크 만들어 줬던 것 기억 안 나?"

레드는 갑자기 오한을 느꼈다. 다른 아빠와 똑같은 아빠.

"우리 엄마는?"

그녀는 속삭였다. 자동차에도, 공항에도, 비행기에도, 엄마는 없었다.

재즈는 고개를 저었다.

"나도 몰라. 한 번도 본 적이 없어. 왜 그런지는 모르겠어."

그녀는 안으로 들어가서 피스타치오가 든 그릇을 들고 다시 돌아왔다.

"가서 엄마랑 얘기했는데, 너네 여기서 오늘 밤 자고 가도 된대."

레드와 페리는 아무 말 없이 피스타치오 껍질을 벗겨서 먹었다.

"오늘 밤 여기서 잘 거야?"

페리가 말했다.

"그럴까 하는데. 나도 뭐가 좋은 건지 모르겠어. 하지만 재즈가 내가 떠나던 날에 대해 말해 주니까 기억이 좀 났어. 여기 있으면 좀 더 많은 게 생각날 것 같아. 넌 어떻게 할 거야?"

"나도 오늘 밤은 여기서 자려고. 내일은…."

그는 어깨를 으쓱했다.

"내일은 그때 가서 해결하지 뭐."

그들은 그 집에서 머물기로 했다.

재즈의 엄마는 레드의 딱지 앉은 손을 살펴보더니, 따뜻한 물에 씻게 한 다음, 살균 약을 부드럽게 발라 주었다.

그러고는 레드에게 비닐장갑을 끼워 주어, 뜨거운 물로 샤워할 때 다친 손에 물이 들어가지 않게 해 주었다.

레드는 몸에 비누칠을 한 채로 샤워기 아래에서 얼굴을 위로 향하게 하고는 따뜻한 물이 이마와 뺨에 떨어지도록 했다. 따뜻한 물이 그녀의 머리카락과 피부에 붙은 진흙과 소금기를 말끔히 씻어 내면서 그녀의 등과 두 팔로 흘러내렸다. 샤워를 마치자, 기분이 좀 상쾌해졌다. 그녀는 재즈의 파자마를 입고 거실의 안락의자에 가서 앉았다.

"네 차례야."

레드가 페리에게 말했다.

TV 스크린에서는 파괴된 해안의 모습을 잇따라 내보내고 있다. 지금은 헬기가 절벽 위에서 급강하하면서 산산이 부서진 해변의 모습을 촬영한 것을 내보내고 있다. 대형 삽이 달린 거대한 트랙터들이 마치 공룡 탐사대처럼 거리를 지나갔다. 그들은 진흙과 모래, 파괴된 집의 파편들을 퍼 올려 덤프트럭에 싣고 있다. 형광색 옷을 입은 한 무리의 일꾼들이 건물과 도로, 공터 등에서 나온 잔해들 주변으로 몰려들었다. 아나운서 얼굴이 화면에 비쳤다.

"지금 여기 국무총리가 나와 있습니다. 그의 말을 들어

보겠습니다."

아나운서가 말했다.

"정부는 이 끔찍한 비극을 겪은 사람들을 도울 수 있는 건 뭐든지 할 것입니다. 이번 재앙은 1974년 크리스마스이브에 다윈 지역을 강타한 사이클론 트레시나 2011년 퀸즐랜드 사이클론과 브리즈번 홍수와 거의 맞먹는 수준입니다. 현재 우리는 해안에 도시가 밀집되어 있기 때문에 많은 사람이 집을 잃었습니다. 전국의 주들이 연합하여 원조하고 있고, 국제적인 원조도 계속해서 밀려오고 있습니다. 우리는 이런 원조에 감사를 표합니다. 분명히 이런 비상사태는 해결하는 데 시간이 걸리겠지만, 시간이 지나면 우리는 해낼 것입니다. 우린 근성 있는 국민이니까요. 우리는 앞으로 나아갈 것입니다. 이번 재난에 영향을 받은 모든 사람을 돕기 위해 다방면으로 노력이 이루어질 것입니다."

국무총리가 말했다.

그가 말할 때 스크린 밑으로 숫자들이 번쩍거렸다.

현재까지 사망자 800, 실종자 650…파괴된 주택 추정치 10,000…사업체와 학교들, 그 밖의 교육기관 6,000…정부는 국제적으로 담요와 텐트 등의 원조를 호소하고 있음. 해안의 가장 심각한 파괴는…시드니의 동부 외각 지역이 가장 큰 영향을 받은 것으로 보임.

재즈는 자리에서 일어나 레드 옆으로 갔다.

"참 무섭다. 저런 일이 네가 살던 곳에서 일어났다는 게 믿기지 않겠네."

레드는 고개를 끄덕였다. 그녀의 두 눈은 TV 스크린에 고정되어 있다.

내 아버지는 사망자 800명 중에 끼어 있을까? 아니면 실종자 650명에 있을까? 어떻게 알아낼 수 있단 말인가?

재즈는 레드의 팔을 쓰다듬었다.

"이건 마치 우리가 어릴 때 친구 집에 가서 잘 때랑 비슷한 거 같아. 우리가 즐겨 보던 무서운 영화들 기억나니? 사탕을 먹으며 영화 해나 몬태나를 보다가 입에서 사탕이 튀어나왔잖아."

레드는 대답하지 못했다.

"네가 샤워하는 동안에 엄마와 얘길 했어. 엄마가 네 아빠를 찾을 때까지 너와 페리가 여기 있어도 좋다고 했어."

"어쩌면 영원히 못 찾을 수도 있어."

"그럼, 여기서 살면 되지 뭐. 우리 집엔 방이 많아."

"고마워. 하지만 네 아빠가 뭐라고 하지 않을까?"

"우리 아빠는 엄마와 내가 원하는 일이라면 무엇이든지 들어줘."

"어디 있어, 네 아빠는?"

재즈는 어깨를 으쓱했다.

"일하는 중이야. 아주 늦게야 들어올 거야. 사이클론이 온 이후로 경찰은 계속 비상근무야. 요즘 아빠는 사람들을 찾아주고, 건물을 복구하는 일에 전력을 다하고 있어."

그렇다면 재즈의 엄마는 선생님이고 아버지는 경찰이다. 그렇다면 내 아버지는? 왜 아빠는 보호가 필요한 것일까? 어떻게 난 아빠와 비행기 여행을 하다가 진흙투성이가 되었을까? 도대체 난 2년 동안 어디에 있었던 것일까?

레드는 재즈의 방에 있는 엑스트라 침대에 시원한 리넨 시트를 덮고 누웠다. 페리는 손님방으로 갔다. 분명히 재즈네는 부자인 것 같다. 내 가족도 이처럼 여분의 방이 있고, 묵직한 고전 가구와 식탁에 멋진 접시를 가지고 있었

을까? 아까 저녁 먹을 때 재즈의 엄마와 아빠는 지난 며칠
간에 대해서 물었다.

"너흰 경찰에 등록했니?

재즈의 아버지가 물었다.

페리는 고개를 흔들었다.

"그럴 필요 없어요. 전 집을 잃은 게 아니에요."

"하지만 가족들이 무척 걱정하고 있을 텐데. 우리가 연
락을 취해 줄게."

"이미 연락했어요. 가족들은 잘 지내요. 그리고 레드는
이름을 몰라서 등록할 수 없었어요."

재즈의 아빠는 눈썹을 치켰다.

"적어도 이제 그 문제는 해결되었지."

레드는 식사를 하는 내내 아무 말도 하지 않았다. 그러다
숨을 깊이 들이쉬고는 재즈의 부모님에게 말했다.

"제 아빠 얘기 좀 해 주실래요?"

"난 그저 두어 번 네 아빠를 만났을 뿐이야."

재즈의 엄마가 말했다.

"이름은 데이비드고, 널 친구들과 노는 데 자주 데려다
주었어. 네 아빠는 매우 좋은 분이었고 사랑스러운 남자였

어. 어디서 일했는지, 무슨 일을 했는지는 몰라."

그녀는 레드에게 미소를 지었다.

"내 생각엔, 재무 일을 하는 것 같았어. 큰 회사에서 말이야. 확실하진 않지만."

재즈의 아버지가 말했다.

"그럼, 제 엄마는요?"

재즈의 엄마는 고개를 저었다.

"미안하지만 모르겠구나. 이미 오래전에 너희와 헤어진 것 같았어. 언제나 너와 네 아버지뿐이었거든."

재즈의 아버지는 시계를 흘긋 보았다.

"얘들아, 이제 잘 시간이야. 아침에 어떻게 해야 할지 정하고, 그만 자자."

리안논 찰머스, 어떤 큰 회사에서 일하는 데이비드 찰머스의 딸. 레드는 이 말을 아주 작게 되풀이해서 말했다. 이 단어들은 외국어 같았다. 그들은 다른 세상에서 온 다른 사람들 같았다.

"잠이 안 와. 네가 여기 있다는 것이 참으로 신기하고 놀라워."

재즈는 눈썹을 치키며 말했다.

"내일은 뭐 하고 싶어? 우리 여기저기 돌아다닐까? 아니면 영화 보는 건 어때? 상영하는 게 있다면 말이야. 아빠가 그러는데, 전체 도시가 마비되었다고 했어. 외곽으로 나가야만 할 거야. 마을 기차가 멈추어 선 상태야. 내 옷을 줄테니, 사진을 찍어서 페이스북에 메모와 함께 남겨 두면 초등학교 친구들하고 연락할 수 있어. 걔들을 만나러 가든지, 아니면 새로운 친구를 사귀든지, 무엇이든 좋아."

"글쎄."

레드는 천장 중앙에 있는 조명 주변의 석고 장미를 응시하며 말했다.

이전과는 다른 상황이다. 이건 정상적인 삶이 아니다. 난 내가 누구인지도 모른다. 이 상황이 이해가 안 된다. 어떻게 해야 할지도 모른다. 텅 비어 있다. 난 이곳에 속하지도 않고, 나 자신에게도, 다른 누구에게도, 심지어는 페리에게도 속하지 않는다.

"어쨌든."

재즈는 몸을 일으켜 레드 침대 끄트머리에 와서 앉았다.

"네 목에 걸고 있는 건 뭐야?"

"이 로켓 말이야?"

"응."

"나도 모르겠어. 이것이 내가 가진 유일한 물건인 것 같아. 페리가 날 발견했을 때부터 차고 있었어."

"그 로켓 안에 아무것도 없었어? 일테면 사진이라든가?"

"몰라. 안을 살펴보려고 했지만, 너무 단단해서 열 수가 없었어. 뭐 뾰족한 것도 없었고."

"내가 가져올게."

재즈는 침대에서 내려와 주방으로 사라졌다. 그러고는 날카로운 작은 칼을 들고 나타났다. 레드는 목에서 가죽끈을 빼서 종이 위에 내려놓았다.

"내가 할게."

레드는 재즈에게서 칼을 받아 들고는 봉해져 있는 로켓의 측면에 대고 힘을 주었다. 처음에는 꿈쩍도 하지 않았다. 그녀는 진흙과 소금이 덜 묻은 쪽에 칼끝을 대고 비틀면서 돌렸다. 그러자 양쪽 가장자리에 틈이 보이기 시작했다. 레드는 서서히 칼끝을 로켓 안으로 들이밀었다. 어느 순간 로켓이 활짝 열렸고, 안에서 검은색 작은 플라스틱 조각이 떨어졌다. 두께가 2밀리미터쯤 되었다. 레드는 그것을 손에 올려놓았다.

"메모리 스틱인데, USB 말이야. 안에 뭐가 들어 있나 보자."

재즈가 말했다.

레드는 작은 물체를 자세히 살펴보았다. 진짜 메모리 스틱이다. 여기에 도움이 될 만한 기억이 있을까? 이것이 내가 누구인지, 지난 2년 동안 무슨 일이 있었는지를 말해줄 수 있을까?

"이리 줘 봐."

재즈는 당장 책상으로 가서 컴퓨터를 켰다. 레드는 주저하면서 스틱을 건네주었다. 잠시 후 상자가 스크린에 나타났다.

"다행히 컴퓨터가 작동하네."

재즈는 앞으로 몸을 숙여서 패스워드를 넣었다.

긴 목록의 파일 이름이 나타났고, 재즈는 '이동디스크'를 클릭했다.

얼굴이 나타났다.

"아빠다."

레드는 재즈가 앉은 의자 등을 꽉 잡았다.

"우리 아빠야."

재즈가 일어서서 자리를 양보해 주는데, 레드가 작은 소리로 말했다.

나는 데이비드 찰머스로, 나와 내 딸의 생명이 위태로워 이 파일을 만듭니다. 이 파일을 손에 쥔 사람은 현재 멜버른에서 열리는 청문회의 왕립위원회 위원장인 존 스탠턴 판사에게 전해 주세요. 이 문제는 매우 긴급합니다. 어떤 상황에서도 이 스틱을 다른 사람 손에 넘겨주지 말아 주세요. 경찰에도 가져가지 마세요. 아무도 믿지 말고 누구에게도 말하지 마세요.

그는 잠시 말을 중단하더니, 카메라를 서류가 잔뜩 쌓인 책상으로 향하게 했다.

현재 나는 자미슨 파일런스 회사의 비리를 완벽히 조사하기 위해서 이 모든 서류를 스캔 중입니다. 나는 신분을 숨긴 채 시드니에 있는 이 회사의 직원으로 일하면서 이 일을 해냈습니다. 스캔을 끝마치면 이 원본 서류를 안전한 장소에 보관할 것입니다. 그리고 보관한 장소에 대해 상세하게 설명할 것입니다.

왕립위원회가 주관하는 청문회에 이 정보가 들어가는 걸 막으려고 혈안이 된 사람들 때문에 나는 지금 몹시 위태로운 상태입니다. 이것을 지켜보는 사람이 누구든지 간에 위험에 처하게 될지도 모릅니다. 나처럼 말입니다. 벌써 내 생명을 노린 시도가 몇 차례 있었습니다. 다시 반복하는데, 아무도 믿지 마십시오. 경찰에도 가져가지 마세요. 아주 신중을 기하세요.

스크린이 까매졌다.

레드는 스크린을 빤히 쳐다보았다. 기억나는 얼굴이다. 비행기에서 본 사람. 하지만 이상하다. 현실이 아닌 것 같다.

"어떻게 해야 해?"

재즈가 속삭였다. 그녀는 침대에 몸을 웅크리고 앉아서 두 팔로 무릎을 감싸고는 주먹을 꼭 쥐었다.

레드는 대답하지 않았다.

"가서 엄마나 아빠를 불러와야겠어."

"안 돼."

레드가 머리를 흔들었다.

"페리를 데리고 와."

레드는 재즈가 고분고분하게 방을 나갈 때에도 계속해서 컴퓨터 스크린을 응시하고 있었다.

페리는 동영상을 보면서 아무 말도 하지 않았다.

"우와, 저분이 네 아버지야?"

스크린의 영상이 사라지자, 페리는 그때야 레드에게 말을 걸었다.

레드는 의자를 돌려서 그를 보았다.

"맞아. 제이 마틴이나 제임스 마틴이 아니었어. 아빠가 기억이 났어. 그런데 아빠에 대해서 기억나는 건 별로 없어. 두 눈을 감으면 네가 날 발견한 날이 보여. 그건 기억이 나. 그 이후로 모든 것이 다 기억나. 하지만 비행기를 탄 날을 제외하고는 아빠에 대해서 기억이 나질 않아."

"네 아빠가 한 말에 대해서도 기억나는 것이 없어? 네 아빠를 위협하던 사람들에 대해서 말이야."

레드는 고개를 저었다.

"어쩌면 네 아빠가 조사한 그 회사가 사람을 고용해서 네 아빠를 죽이려고 했을 수도 있어. 범죄 영화처럼 말이야."

"이건 현실이야."

레드가 말했다.

"음, 그러면 다른 파일을 좀 열어 보자."

"안 돼. 그러면 안 될 거 같아. 아빠가 그것들은 중요한 거라고 했어. 이걸로 충분해."

"엄마와 아빠한테 말하자. 어떻게 할지 알려 줄 거야."

재즈가 말했다.

"아빠가 아무한테도 말하지 말랬잖아."

레드가 말했다.

"우리 엄마 아빠 아무나가 아니야."

"네 아빠는 경찰이잖아. 울 아빠가 경찰한테 말하지 말랬어."

재즈는 침대에 털썩 주저앉았다.

"왜 네 아빠는 그렇게 말했을까? 정말로 이상하잖아."

"지금은 모든 것이 이상해."

레드는 이렇게 말하고는 몸을 숙여서 파일을 닫고는 메

모리 스틱을 꺼냈다.

"지금으로서는 아무한테도 말하면 안 돼. 아침에 어떻게 할지를 정하자."

레드는 컴퓨터를 끄고는 메모리 스틱을 도로 로켓에 넣어 목에 걸어 잠옷 속으로 넣었다. 로켓이 가슴에 닿으니 차가움이 느껴졌다.

"자, 어서 자자."

레드는 어떻게 해야 하는지 감이 잡히지 않았다. 재즈와 페리가 함께 있으니, 더 생각이 나지 않았다. 하지만 그들이 자러 간다고 해도 방법을 생각해 낼 수 있을지는 확신이 서지 않았다.

페리는 그녀를 보면서 고개를 천천히 저었다. 그러고는 씩 웃으면서 문으로 향했다.

"잘 자, 레드."

"잘 자, 페리."

재즈도 아무 말 없이 침대 안으로 들어갔다.

레드는 시트를 목까지 끌어당겨 덮었다. 동영상에서 본 아버지의 말이 머리에서 빙빙 돌았다.

매우 위험합니다…위원회…아무도 믿지 마세요…경찰에게 가지 마세요…신분을 감추고…생명이 위태롭습니다.

왜 경찰에 갈 수 없었을까? 우리가 곤란에 처했을 때 경찰이 무슨 짓을 한 것일까? 도대체 무슨 일일까? 그리고 페리가 말한 것처럼, 그 회사가 누군가를 고용해서 아빠를 죽이려고 한 것이 사실일까? 아빠는 지금 어디에 있는 것일까? 그럼, 제이 마틴은 누구인가?

레드의 두 눈은 점점 어둠에 익숙해졌다. 천장에서 야광 별들이 보였다. 다양한 크기의 노란 별들이 마치 마구잡이로 뿌려 놓은 것처럼 여기저기에 흩어져 있다. 새벽에 여명이 떠오르면 이 별들은 보이지 않게 될 것이다. 그들을 밝히려면 어둠이 필요하다.

나는 차가운 풀 위에 누워서 하늘을 응시하고 있다.

"저건 은하수야."

아빠다. 비록 모습이 보이지는 않지만, 분명히 아빠다.

"은하수는 천억 개가 훨씬 넘는 별로 만들어졌어. 아니 어쩌면

2천억 개가 넘을지도 몰라. 4천억 개라고 말하는 사람들도 있지. 우리도 그중 하나야. 그리고 태양은 2만 4천 광년이나 떨어져 있어."

우리는 아무 말 없이 누워 있다.

"그것들은 거대하지만 대부분은 이름이 없지. 우리가 알고 있는 건 거의 없어. 이런 걸 보면 우리 인간은 참으로 초라하고 보잘것없는 존재야."

7. 시드니 탈출 작전

레드는 자면서 여러 번이나 뒤척이며 깨어났다. 새근새근 잠든 재즈의 숨소리가 들렸고, 이따금 거리의 자동차가 내는 윙윙거리는 소리를 들었다. 컴퓨터 스크린의 그 얼굴이 자꾸 떠오르며 내면의 깊은 곳으로부터 기억들이 끌려 나오려고 버둥거렸다.

아침 식탁에서 그와 함께 밥 먹은 적이 있나? 그와 나란히 학교까지 걸어간 적이 있나? 거실에서 함께 TV를 본 적은? 아무것도 기억이 안 난다. 재즈의 휴대폰에서 알람이 울렸을 때에도 그녀는 여전히 누워서 천장의 별들을 응시하고 있었다. 알람에서 나오는 음악은 처음 듣는 노래다.

"난 샤워부터 할게. 그런 다음, 어젯밤 일 엄마 아빠한테 말하자."

재즈가 말했다.

레드는 머리를 흔들었다.

"아무한테도 말하면 안 돼."

"하지만 엄마 아빠가 어떻게 해야 하는지 방법을 알려 줄 거야."

"그래도 안 돼. 아빠가 안 된다고 했어. 특히 경찰한테는 더더욱."

"혹시 너, 우리 아빠를 부정한 사람이나 뭐 그런 부류로 생각하는 거니?"

"난 그저 아빠가 시키는 대로 하려는 것뿐이야."

"우리 아빠가 경찰 컴퓨터로 네 아빠를 찾아봐 줄 수 있을 거야. 그리고 그 컴퓨터에 그 위원회에 대해서도 나와 있을지 모르잖아."

"안 된다니까."

"정말로 아무에게도 말하지 않을 거야? 그건 미친 짓이라고."

"나도 어떻게 해야 할지 몰라. 하지만 아직은 말할 때가 아니야. 그러니 아무 말도 하지 마. 이건 내 메모리 스틱이고, 내 아빠 일이야. 그리고 아빠가 아무에게도 말하지 말라고 했던 말이야."

"알았어, 알았다고. 나한테 화내지 마."

아침을 먹으면서 그들은 거의 말이 없었다. 페리는 레드와 재즈 맞은편에 앉아서 눈썹을 치키면서 두 사람을 번갈아 힐끗힐끗 보았다. 그러면서 그는 시리얼을 벌써 네 그릇째 먹어 치웠다.

재즈의 엄마는 주황색 손톱으로 대리석 의자 위를 가볍게 치면서 말했다.

"앤드루와 나는 앞으로 어찌해야 할지 고심이 많구나. 그는 지금 서재에 있는데, 오늘 오전에는 집에서 일할 거야. 밥 다 먹으면 가서 아저씨랑 애기 좀 해 보렴."

그녀는 이렇게 말하고 식탁을 떠났다.

레드는 재즈를 쳐다보았다.

"말한 거니?"

재즈는 고개를 저었다.

"언제 그럴 시간이 있었어? 아침 내내 같이 있었는데."

"앉아라."

재즈의 아버지는 서 있었다. 레드는 그의 신발에 두 눈을 고정했다.

"좀 전에 마거릿과 얘길 나누었지. 우린 너희가 우리 집에 머무르는 걸 진심으로 환영하는 바야. 너희 둘 다 여기에 있고 싶은 만큼 있어도 좋아. 밖은 온통 무질서하니 너희 가족을 찾는 데는 시간이 꽤 걸릴 것 같구나. 우린 너희가 밖으로 나가는 걸 원치 않아. 하지만…."

그는 말을 멈추었다.

그의 왼쪽 신발 바깥쪽으로 깊게 긁힌 자국이 있었다.

어쩌다가 저렇게 되었을까?

"하지만 말이야. 우린 너희가 여기 있다는 것을 당국에 보고해야 해."

"경찰에요?"

페리가 말했다.

"음, 그렇지. 누군가가 너희를 찾고 있을지도 모르잖아. 우리가 너희를 등록해야 그들이 너희가 어디 있는지 찾을 수 있으니까."

"하지만…."

"하지만은 뭐가 하지만이야, 페리. 가족과 이미 연락하고 있다는 말 들었다. 그래도 지금 일어난 상황에 대해서 도 모두 알려 줘야지. 내가 너희 아빠라면 몹시 걱정이 될 거야."

그는 레드를 바라보았다.

"우리는 네 아버지한테 무슨 일이 일어났는지 알아보려 고 해. 그러기로 정했지. 하지만 오늘은 할 수가 없어. 한 시간 뒤면 회의가 있거든. 회의가 끝나면 약속이 몇 건 있 고. 재즈가 얘기했겠지만, 난 사이클론 사후조치팀을 관장 하고 있어. 계속해서 실종자들을 수색하고 구조 활동을 하 고 있지. 하지만 내일 아침에 맨 먼저 너희를 데리고 관할 경찰서로 가서 서류를 작성할 생각이야. 이미 그들의 책상 에 너희와 관련된 뭔가가 있을지도 모르지. 그러면 그들이 연결해 줄 거야. 그러려면 페리야, 네 풀네임이 필요할 것 같은데."

그 순간 레드는 페리가 이 제안을 받아들이지 않을 거라 는 생각이 들었다. 그런데 그는 침을 꿀꺽 삼키더니, 고개 를 끄덕이며 말했다.

"알았어요."

왜 페리는 동의한 거지?

"그리고 리안논, 의사한테 가서 진찰을 받아 보는 게 좋을 것 같구나. 넌 이미 머리에 큰 충격을 입었어. 그러니 검사를 받아야 해. 우선 경찰서에 갔다 온 다음에 병원에 예약해 두마."

레드는 인상을 찌푸렸으나, 아무 말도 하지 않았다. 말도 안 된다. 그녀는 다시 페리를 바라보았지만, 그는 시선을 피했다. 그녀는 무슨 말을 해야 할지 알 수가 없었다.

"그럼, 모두 해결되었네. 이제 가도 좋아. 나도 할 일이 좀 남았으니."

레드와 페리, 재즈가 방을 나갈 때 그는 책상에 앉아서 이미 컴퓨터로 타이핑을 하고 있었다.

"왜 알았다고 했어?"

레드가 조용조용히 말했다.

그들은 재즈를 따라서 베란다로 나왔다.

"난 어떤 등록도 하고 싶지 않단 말이야."

"나도 원하지 않아. 그럴 순 없지. 만약에 네 아빠 말이 옳다면 말이야. 그러니까 어떤 나쁜 놈들이 그를 찾아서 죽이려고 한다면 놈들은 네 아빠 이름과 네 이름을 알고 있을 거야. 괜히 등록해서 자료를 남기면 놈들이 자료를 해킹해서 너를 찾아낼 거야. 아니면 나쁜 놈들과 한통속인 경찰이 정보를 빼내든가. 그러니까 네 아빠가 말한 판사가 어디 있는지 찾아서 그 메모리 스틱을 전해야만 해."

페리가 말했다.

"어떻게 그렇게 해?"

페리는 어깨를 으쓱했다.

"나도 몰라. 하지만 그렇게 해야 한다는 건 알 수 있지."

그들은 집에서 나와 나무 아래로 갔다.

"인터넷에 스탠턴이란 사람을 검색해서 어디 있는지 찾아보자."

재즈가 말했다.

"찾는다 해도 우린 돈이 없잖아. 타고 갈 것도 없고. 레드, 네 아빠가 그 판사가 멜버른에 있다고 했는데, 여기서 얼마나 먼지 모르겠어. 그래도 이건 확실해, 걸어서 가기에는 너무 먼 곳이라는 거야. 그리고 문제는 설령 우리가 그곳에 도착한다 하더라도, 그 판사가 우릴 만나 주지도 않을 거야. 그런 사람은 주변에 경호원들이 있거든. 우리 같은 사람들이 만나는 건 어림도 없어."

페리가 말했다.

"그래도 시도는 해 봐야지."

레드가 말했다. 그러고는 몸을 돌려 재즈를 보았다.

"너 돈 가진 거 있니? 아니면 어디서 구할 데 없어?"

재즈는 고개를 끄덕였다.

"가서 인터넷 검색을 해 보자. 돈은 내가 마련할 테니."

존 스탠턴 판사를 검색창에 치자, 화면에 190,400명이 나타났다. 레드는 그 기사들을 스크롤 했다. 신문과 웹 사이트, 그가 대학에서 한 강의, 그가 법에 대해 평한 글 하나하나를.

"네 아빠가 그가 뭘 하는 사람이라고 했지?"

페리가 물었다.

"어떤 위원회라고 했는데. 왕립위원회인 거 같아."

이 단어를 입력하자, 수십 개가 나타났다. 레드는 페이지를 훑어보았다. 마약 소유자, 경찰 부패, 돈세탁, 글로벌 신디케이트, 사라진 갱 멤버들, 살인.

그녀는 페리를 돌아보았다.

"이건 허구 같아. 영화 말이야. 그런데 아빠는 어떻게 이런 것과 관련이 있을까?"

"어쩌면 네 아빠는 사설탐정이거나 비밀경찰일지도 몰라. 그러니까 이런 위원회 일을 한 것이겠지."

레드는 스크린을 가리켰다.

"이 기사는 어제 막 올라온 거야."

오늘 존 스탠턴 판사는 "시드니와 동부 연안에서 입은 피해로 전국적이 들썩이고 있지만, 왕립위원회는 계속해서 증거를 찾는 중입니다. 청문회가 열리기 전에 나타나기로 한 사람들 중 몇몇이 실종되었고, 일부는 사망한 것으로 추정합니다. 하지만 위원회는 이 일을 추진하기 위해 많은 지역에 사람을 파견한 상태입니다. 멜버른에서의 우리의 일은 계속될 것입니다." 라고 말했다.

레드는 '실종되었고, 일부는 사망한 것으로 추정합니다.' 라는 문구를 가리켰다.

"이건 우리 아빠를 말하는 거야. 이제 어떻게 멜버른까지 가지?"

레드는 조용히 말했다.

"그것도 검색해 봐."

페리가 말했다.

그들은 열차 시간표를 검색했다. 그때 재즈가 신용카드를 흔들면서 침실로 들어왔다.

"이 카드 쓰면 돼. 엄마가 알게 될 즈음에 우린 돌아올 거고, 그때 모든 걸 말하면 돼."

"우리?"

레드는 눈썹을 치켰다.

"너희가 가는 데 나도 따라가고 싶어."

재즈는 카드를 들고 말했다.

"나도 껴 줘, 징거."

"세 명이나 가면 돈이 많이 들 거야. 위험하기도 하고."

"카드는 내가 가지고 있어."

재즈가 말했다.

페리는 어깨를 으쓱했다.

"괜찮을 거야. 같이 가자."

"좋아."

페리와 레드는 뒤로 물러났고, 재즈가 컴퓨터 앞에 자리를 잡았다. 그녀는 기차 예약 페이지를 클릭했다.

"예약자 이름을 뭐라고 쓸까?"

"페리와 루비 마틴. 이러다 넌 이름이 전체 축구팀보다도 많아지겠는걸."

페리가 레드를 보고 씩 웃었다.

재즈는 신용카드의 상세 정보를 입력했다. 작성한 티켓이 화면에 나타났고, 재즈는 그것을 프린트했다.

"내일 아침이야. 여기서 가장 가까운 역이 스트라스필드니, 거기 가서 타야 해. 아침 8시, 출발하기 30분 전에 도착해야 해, 좌석 확인을 위해서는."

"어떻게 거기까지 가지?"

"걸어가자, 멀지 않아. 여러 번 걸어 봤어."

오후에 재즈는 서랍장에서 티셔츠와 반바지를 꺼내서 레드에게 들어 보였다.

"여벌이 있어야지. 늘 같은 옷만 입을 순 없잖아."

"페리는 항상 같은 것만 입어."

"남자애들은 괜찮아."

그녀는 목 주위에 주름 장식이 달린 핑크색 탑을 들어 올렸다.

레드는 빙긋이 웃었다.

"내가 잘 기억은 안 나지만 재즈야, 내가 그런 옷을 좋아할 것 같진 않은데. 내 스타일은 아니야."

레드는 침대에 산만하게 흩어 놓은 옷들을 자세히 살펴보고는 옅은 녹색과 빨간색의 나선형 무늬가 있는 검은색 티셔츠와 검은색 청바지를 골랐다.

"이 옷으로 할래."

"엄마와 아빠한테 메모를 남겨 놓아야겠어. 아마도 기겁할 거야."

다음 날 아침에 재즈가 말했다.

7시가 되었다. 그들은 각자 백팩에 주방에서 가져온 과일과 마실 것을 넣었다.

"네 엄마 아빠한테는 우리가 어디로 가는지 말하지 마. 우리를 따라올 거야."

레드가 말했다.

"경찰에 가지 말라고도 적어."

페리는 어깨에 백팩을 둘러메었다.

"우리 아빠가 경찰이야."

재즈가 말했다.

"음, 이렇게 말해, 레드가 뭔가 기억이 나서 그것을 알아보려고 간다고. 오늘 밤이나 내일 연락하겠다고."

"아까도 말했지만, 우리 부모님 기절하시겠다."

재즈가 말했다.

레드는 재즈가 마음이 바뀌기 전에 출발하고 싶었다. 지금은 목표가 있다. 이 판사는 내 아빠가 누구인지 알 것이다. 어쩌면 아빠에게 무슨 일이 일어났는지 알고 있을지도 모른다. 심지어 누가 아빠를 쫓는지, 누가 아빠를 죽이려고 하는지도. 아마도 메모리 스틱을 위원회에 전달하는 것이 아빠의 생명을 구하는 일일 수도 있다.

레드는 백팩에 사과를 넣는데, 손에 책이 스쳤다. 학교 도서관에서 가져온 그 책이다. 잠시 책을 꺼내 재즈의 책상에 놓고 갈까 하며 망설였다. 손가락에 하드커버의 촉감이 매끄럽게 느껴졌다. 하지만 곧 손을 빼고, 가방 지퍼를 올렸다.

재즈는 메모를 적어서 자신의 베개 가운데에 놓고, 레드와 페리와 함께 복도를 살금살금 걸어 나가는데, 뒤 베란다에서는 부모님이 아침 식사에 관한 얘기를 하고 있었다. 페리가 현관문을 열었고, 그들은 까치발을 하고 나갔다. 모두 말 한마디 하지 않았고, 골목길을 지나서 중앙로를 벗어나 공원을 가로질렀다. 그들 앞에 철도 선로가 보였고, 10분 정도를 더 걷자, 불규칙하게 뻗은 기차역 건물이 보였다.

그들은 기차역의 혼돈과 마주하자, 잠시 주춤했다. 기차역은 사람들로 북새통이었다. 얼굴에 근심이 가득 찬 어른들은 거의 뛰다시피 하는 아이들의 손을 꽉 잡고 있었다. 끊임없이 들어오는 버스들의 행렬이 수많은 사람을 토해 내었다. 구세군 관리들이 공짜 커피와 샌드위치를 나눠 주었다. 전기 메가폰을 쥐고 유니폼을 입은 남자들이 군중을 향해 소리쳤다.

"북쪽으로 가는 사람은 1번 플랫폼이고, 남쪽으로 가는 사람은 4번 플랫폼입니다."

"멜버른은요?"

레드가 물었다. 페리와 재즈는 샌드위치와 마실 것을 달라고 손을 뻗고 있었다.

"남쪽."

그들은 4번 플랫폼으로 발길을 돌렸고, 레드가 재즈를 향해 물었다.

"여긴 늘 이렇게 사람이 많아?"

"아니. 이렇게 많은 건 처음 봐. 사람들이 모두 시드니를 멀리 떠나고 싶은가 봐."

레드는 고개를 끄덕였다. 재즈의 집은 쾌적하고 고요해서 이 도시에서 일어나는 일과 근처 해변의 파괴와는 전혀 무관한 것 같았다. 그런데도 다시 이렇게 밖으로 나오니, 이상하게 기분이 좋았다.

그들은 예약한 좌석 열차 칸을 찾아서 가방을 머리 위 선반에 올렸다. 젊은 여자가 그들 앞에 앉아 있다. 그녀는 마른 몸을 창문 옆 코너에 밀착하고, 두 눈은 충혈되어 몹시 피곤해 보였다. 하지만 그들을 보고는 방긋 웃어 주었다.

"너희도 이 혼란으로부터 도망치는구나?"

"네."

페리가 말했다.

"어디로 가세요? 저는 재즈고, 얘들은 페리와 레드예요."

재즈는 낯선 여자 옆에 앉으며 말했다.

"난 케이트야. 와가까지 가. 그곳에 엄마가 사시거든. 아, 빨리 가고 싶다. 엄마의 보살핌을 받고 싶어. 아무 말도 안 하고, 푹신한 침대에서 뜨거운 물이나 수프 한 그릇 먹고 쉬고 싶어."

"힘든 일을 겪으셨나 봐요."

페리가 말했다.

그녀는 고개를 끄덕였다.

"북부 해변 위쪽에서."

그녀의 눈에서 눈물이 흐르기 시작했다. 눈물이 뺨을 타고 뚝뚝 흘러내려 검정 마스카라가 엉망이 되었다.

"내 친구와 난…모든 걸 잃었어…. 고양이들도 새들도 정원도…."

그녀는 주머니에서 휴지를 꺼내서 코를 풀었다.

"우리 집은 부서졌어. 완전히 사라졌지. 웃긴 말이지만, 그래도 우린 운이 좋은 편이야. 당시 난 사고 난 지역에서 좀 떨어진, 그러니까 적어도 최악인 곳은 면한 외곽에서 친구들과 저녁을 먹고 있었거든. 마을 전체가 산산이 부서졌어. 친구가 청소하는 걸 돕겠다고 남아 있어."

"그래도 살아 있잖아요."

페리가 말했다.

그녀가 고개를 끄덕였다.

"그래, 좀 다쳐서 멍들긴 했지만. 기분은 엉망이야."

그녀는 손으로 헝클어진 긴 검은 머리를 쓸어 넘겼다.

"너희는 무슨 일이야?"

"거의 다 비슷하죠. 우리는 멜버른에 있는 삼촌 집에 가는 길이에요. 우리는 사촌 간인데, 우리 부모님들도 청소하려고 남아 계세요. 누나 친구처럼요."

페리가 말했다.

그들이 얘기하는 동안 레드는 두 눈을 꼭 감고 앉아 있었다. 내 엄마도 따뜻한 물과 수프를 주고 침대에서 쉬게 한 적이 있었을까? 그럼, 아빠는? 재즈는 아빠가 생일 케이크를 만들어 줬다고 했다. 아주 환상적인 것으로. 날씨가 추울 때는 수프도 끓여 줬을까? 갑자기 배가 단단해졌다. 날카로운 것으로 콕콕 찌르는 느낌이다. 두려움이 밀려왔다. 그녀는 벌떡 일어서서 객차 맨 끝으로 갔다. 그녀의 두 손이 떨리고 있었다. 그러더니 몸 전체가 떨렸다. 왜 그런 걸까? 레드는 열차 벽에 몸을 기대었다. 기차의 규칙적인 리듬이 들려오자, 이내 진정되었다. 그녀는 천천히 숨을 길게 들이쉬었다가 내쉬고는 다시 자리로 돌아왔다.

"왜 그래?"

재즈가 물었다.

"아무것도 아니야."

기차는 속도를 내며 붉은 벽돌로 둘러싼 외곽 지역을 통과하더니, 단조로운 회색 콘크리트 슬래브 속 고층 아파트를 몇 킬로미터 지나갔다.

"여기 와 본 적 있어?

기차가 그 도시 *끄트*머리에 도착했을 때 재즈가 페리에게 물었다.

페리는 고개를 *끄*덕이며 무슨 말인가를 하려고 하는데, 재즈의 전화벨이 울렸다. 재즈는 휴대전화를 주머니에서 꺼내서 친구들에게 보여 주었다. 페리와 레드 둘 다 고개를 흔들었다. 재즈는 화면에 나타난 이름을 보았다.

"엄마네."

"받지 마."

레드가 말했다.

페리가 몸을 앞으로 숙이며 재즈를 바라보았다. 재즈는 고개를 끄덕이며 주머니에 도로 전화를 집어넣었다.

케이트는 아이들을 번갈아 바라보더니, 뭔가 말을 하려는 듯하다가, 두 눈을 감더니 창문 틀에 기대었다.

기차는 탁 트인 시골길을 달렸다. 풀이 메말라서 푸른색이라기보다는 누런색에 가까웠다. 양들과 소들이 기묘하게 생긴 고무나무 그늘에 빽빽하게 모여 있다. 레드는 창문에 얼굴을 갖다 대었다.

"너 좀 정신이 나간 것 같아."

재즈가 말했다.

"이상한 기분이 들어, 전에 여기 와 본 것 같아. 확실하진 않지만. 어쩌면 이렇게 생긴 데가 다른 곳에 있을 수도 있고."

"어쩌면 네 아빠랑 떠날 때 본 곳일지도."

"그럴지도⋯."

그때 재즈가 다시 주머니에서 전화를 꺼냈다.

"문자가 왔어."

재즈는 그 문자를 보이면서 말했다.

너 어디야? 네 부모님이 계속 나한테 전화해. 내가 안다고 생각하나 봐. 문자해.

"리사가 보낸 거네. 내 학교 베프야."

"문자해 줘. 잘 있다고."

재즈의 엄지손가락이 휴대폰 화면에서 춤을 추었다. 레드는 계속해서 얼굴을 창에 대고 밖을 내다보았다.

태양은 점점 더 높이 올라갔다. 재즈는 계속해서 문자를 했고, 레드는 잠깐 졸았다. 그러다가 재즈의 외침에 깨어났다.

"맙소사, 엄마한테 문자가 왔어. 우리가 기차 탄 걸 알고 있어."

"뭐라고?"

페리는 재즈에게서 휴대폰을 받아 쥐었다.

"네 엄마한테 우리 잘 있다고 해."

그때 전화벨이 울렸다. 두 번째 벨이 울리자, 재즈는 통화 버튼을 눌렀다.

"저예요. 우린 잘 있어요. 알고 있어요, 무슨 일을 하고 있는지."

오랫동안 재즈는 말이 없었다.

"아니에요. 걔들은 그렇지 않아요. 아니에요."

재즈는 고개를 저었다.

"제발 엄마, 막지 마세요. 중요한 일이에요. 아빠가 결정을 하든 말든 상관하지 않을 거예요."

또 가만히 있었다.

"말할 수 없어요…. 네, 알아요. 나도 사랑해요."

재즈는 전화를 끊었다.

"뭐야, 도대체?"

페리가 말했다.

"맙소사, 내 말이 믿기지 않을 거야. 엄마 아빠가 우리가 기차를 탄 걸 알고 있어. 아빠가 내 컴퓨터를 뒤졌어. 아빠가 기차 티켓에 관한 정보를 알아내서 우리를 막으려 한대. 아빠가 동료에게 말해서 우리를 앨버리 기차역에서 내리게 할 건가 봐."

"그럴 순 없어."

레드는 벌떡 일어서서 주먹을 단단히 쥐었다.

"걱정하지 마. 지금 경찰들은 실종자들과 약탈자들과 같은 사람들 때문에 무지하게 바쁘다고. 우리를 신경 쓸 틈이 없어."

페리가 말했다.

재즈는 고개를 저었다.

"아니야, 그렇지 않아. 네가 모르는 게 있는데, 우리 아빠 굉장히 오래 다녔어. 전국 어디나 울 아빠의 동료가 있다고, 함께 일했던 사람들이. 아빠는 그들을 움직일 수 있어. 데이터베이스에 우리 이름을 올릴 거라고. 확실하다니까. 앨버리 역에 도착하면 플랫폼에 그 지역 경찰들이 와 있을 거야. 어쩌면 아빠도 와 있을지 몰라. 그럼, 우리가 왜 멜버른에 가야만 하는지를 경찰에게 말해야 할 거야. 엄마한테 다시 전화해야겠어."

"안 돼. 딴 방법이 있을 거야."

레드는 조용하게 말했다.

"기차가 앨버리에 도착했을 때 우리가 없으면 되잖아. 우리, 이 언니가 내리는 와가에서 내리자."

레드는 케이트를 향해 고개를 끄덕였다.

"그럼, 어떻게 멜버른까지 가?"

재즈가 말했다.

"거기 내려서 해결하자고."

레드는 말하면서 도로 자리에 앉았다.

그들은 케이트 앞에서 이런 말을 하지 말았어야 했다. 그녀가 누구인지도 모르면서. 아무도 믿어서는 안 된다.

케이트는 그들을 빤히 바라보았다.

"꼬치꼬치 캐묻고 싶진 않지만, 너흰 도망 중인 거니?"

재즈는 고개를 저었다.

"아니요. 그렇게 보일 수도 있겠지만, 우리는 어떤 판사를 만나러 멜버른으로 가야만 하거든요. 우리는…."

"쉿!"

레드가 인상을 찌푸렸다.

케이트는 당황한 표정을 지었다.

"얘들아, 너희 혹시 위험에 처해 있니?"

"뭐 어쩌면요. 저희 일이 복잡하고 위험할 수 있어요. 그래서 비밀로 하고 싶어요. 언니한테도요."

레드는 재즈에게 조용히 하라는 표정을 지었다.

"언니, 아무한테도 말하면 안 돼요. 경찰이 와서 우리를 봤느냐고 물어도 아무것도 말하지 말아 주세요. 부탁이에요. 특히 재즈가 말한 것을요."

레드가 말했다.

그러는 사이 기차는 굴번 역에 들어섰다.

"아무래도 여기서 내려야 하지 않을까?"

재즈가 얼굴을 창문에 대면서 말했다.

"아니야. 우린 와가에서 내릴 거야."

레드는 두 눈을 감고 고개를 숙였다. 재즈를 왜 데려왔을까? 페리와 단둘이 있을 때는 문제가 없었다.

그녀는 한쪽 눈을 떠서 페리를 바라보았다. 그는 팔짱을 낀 채로 앉아서 앞만 똑바로 바라보고 있었다. 도대체 무슨 생각을 하는 거지? 그의 정체는 뭘까? 그에게도 가족이 있어야만 했다. 모든 사람이 그러니까. 그녀는 몸을 구부렸다. 엄마 아빠와 싸우고 집을 나왔을지도 모른다. 어쩌면 경찰에 쫓기는 건 아닐까? 그것도 아니면 소년원 출신일지도 모른다. 우리가 처음 만난 날에 대해 숨기는 게 있지 않을까?

기차는 플랫폼을 빠져나와 평범한 덤불과 듬성듬성 있는 유칼립투스 나무들, 길게 뻗은 울타리 전경이 있는 시골길로 접어들었다. 때때로 레드는 농가나 창고 지붕에서 반사되는 햇빛을 흘끗 바라보았다.

"와가까지는 멀었어요?"

페리가 케이트에게 물었다.

케이트는 자신의 휴대전화를 흘끗 보았다.

"한 30분쯤. 그곳에 간 다음에 어떻게 할 건데?"

"우리가 알아서 할게요."

"하지만 너희는 멜버른까지 가야 하잖아?"

페리는 고개를 끄덕였다.

"버스가 있나요?"

"그럼, 기차역 옆에 있어. 하지만 버스 시간은 몰라. 아
니면 트럭 운전사들에게 부탁해 봐. 멜버른까지 가는 트럭
이 많거든. 꽤 빠른 편이지."

페리는 또다시 고개를 끄덕였다.

"내가 우리 엄마 집 전화번호를 줄 테니, 혹시 곤경에 처
하거든 전화해. 도움이 되어 줄게."

"고맙습니다만, 아무 일 없을 거예요."

기차는 와가 역으로 들어섰다. 아이들은 일어서서 머리
위의 가방을 내렸다. 케이트는 종이에 뭔가를 휘갈겨 적더
니, 그것을 레드의 손에 쥐여 주었다.

"혹시나 해서."

케이트가 속삭였다.

플랫폼 너머에는 무수한 사람이 모여 있다. 이름을 부르는 사람들, 팔을 흔드는 사람들, 기차에서 내리는 사람을 붙잡는 사람들. 케이트는 숱이 많은 흰 머리카락을 양어깨 아래로 땋아 내린 몸집이 큰 여인과 포옹을 나누더니, 이내 곧 떠나갔다.

레드는 그들에게서 시선을 뗄 수가 없었다.

"서둘러."

페리가 재촉하며 그녀의 팔을 잡았다. 그들은 군중과 함께 서서히 출구 쪽으로 움직이다가 잠시 멈춰서 사람들이 차에 올라타고 사방으로 떠나는 모습을 지켜보았다. 페리는 넓은 보도를 따라서 걷기 시작했다.

"어디로 가는 거야?"

재즈가 물었다.

"앉을 만한 곳이 있나 보러. 어떻게 할지 의논을 해야 할 거 아냐."

페리가 말했다.

레드는 아무 말이 없었다.

한 10분 걸으니, 공원이 나타났다. 중앙에 크리켓 네트가 있는 타원형 구장이 있었는데, 아이들이 그곳에서 연습을 하고 있었다. 페리는 잔디를 지나 원형 무대로 갔다. 아이들은 가방을 벗어 나무 의자에 내려놓았다.

"아무래도 이건 좋은 생각이 아닌 것 같아."

재즈는 말하고는, 백팩에서 샌드위치를 꺼냈다.

"내 말은, 물과 오래된 샌드위치 하나밖에 없는데, 이러다간 굶어 죽을 수 있다는 말이야."

"불평 그만해. 그냥 멜버른까지 가는 방법만 생각하자고. 아까 그 언니가 뭐라고 했더라…. 거기까지 가는 버스가 있다고 했어."

"돈이 없잖아."

"네 엄마 신용카드 있잖아?"

"정지시켰겠지."

레드는 의자에 발을 올리고 앉아서 턱을 두 무릎 위에 올려놓았다. 얼굴은 햇볕을 받아서 따뜻했지만, 가슴에 있는 금속 로켓 때문에 차가움을 느꼈다.

"그 판사한테 이 모든 걸 이메일로 전할 수 없다는 것이 안타까워. 그러면 우린 집에 갈 수 있는데."

재즈가 말했다.

"내 손으로 직접 전해야 해. 그리고 아버지에 대해서도 물어봐야 하고."

레드가 말했다.

재즈는 아빠를 죽이려는 사람들이 있다는 걸 벌써 까먹은 걸까? 메모리 스틱에 담긴 정보가 아빠를 구할 수 있을까? 그 판사는 내가 누구인지 알고 있을까? 난 멜버른까지 가야만 한다.

레드는 고개를 흔들면서 일어서서 원형 건축물 출입구의 똑바로 뻗은 기둥에 기대었다. 재즈는 자신의 마지막 샌드위치를 먹고 있다.

"먹을 것과 마실 것이 더 있어야겠어."

"그만해. 먹는 건 문제도 아니야. 제때에 먹을 수 있을 테니, 걱정 붙들어 매. 지금 중요한 건 멜버른까지 가는 방법이야."

페리가 말했다.

재즈는 페리 옆에서 뒤로 물러나면서 몸을 돌렸다. 그런데 건물 기둥 사이로 뭔가가 보였다.

"저기 봐, 경찰차야. 우릴 찾고 있나 봐."

"맙소사, 네 아버지는 전국에 있는 경찰을 다 동원해서 우릴 쫓으려나 봐."

페리는 원형 건물 바닥에 주저앉았다. 레드도 그 옆에 주저앉았다.

"그들이 우리를 잡아가면 어떻게 하지?"

"뭐 별건 없겠지. 그저 우리를 재즈의 집으로 돌려보내는 정도지."

"하지만 그들이 내가 누구인지 안다면…. 그들이 우리 아빠에 대해서 안다면, 그리고 그들이 아빠가 USB에서 경고한 사람들이라면?"

"그런 생각은 하지도 마."

페리는 잠시 가만히 있다가 고개를 들었다.

"아니야, 경찰은 갔어. 그냥 순찰이었나 봐."

그는 일어서서 레드를 일으켜 주었다.

"너희 둘 다 배고프니? 그런 건 해결할 수 있어. 가다 보면 가게나 식당들이 있을 거야. 거기 가면 그들이 버린 음식이 있어. 가게 후문 통로로 가면 풍족하게 있지."

"웩, 누가 버린 걸 어떻게 먹어?"

재즈가 말했다.

"마음대로 해. 그럼, 역으로 돌아가 보자. 버스가 있나, 아니면 트럭이라도 있는지. 혹시 알아, 우리를 데려다 줄 사람이 있을지."

"그런 사람이 없다면?"

재즈는 페리 앞에 서서 엉덩이에 양손을 얹고는 그를 빤히 응시했다.

"재즈야, 부모님한테 전화해서 집에 가고 싶으면 그렇게 해. 단지 우리한테 피할 시간을 먼저 줘."

그가 천천히 말했다.

"아니, 그러고 싶진 않아. 난 단지 뭐가 먹고 싶을 뿐이라고. 그게 다야. 그리고 난 네가 마치 우리 아빠가 다루는 건달 같은 행동을 하는 게 싫다고."

재즈가 풀이 죽어서 말했다.

계속해서 레드는 아무 말도 하지 않았다. 그녀는 둘을 번갈아 바라만 보았다.

"너희 둘 다 그만 싸워. 아니면 난 혼자서 갈 거야."

"알았어, 알았어. 화해할게."

페리가 말했다.

"우린 돈이 없어. 케이트 언니 말이 맞는다면, 오늘 밤에 멜버른까지 가는 트럭들이 있을 거야. 그 트럭을 찾아야만 해. 그래서 우리를 데려다 달라고 부탁해 봐야지."

"그건 너무 위험해. 트럭 운전사가 우리를 공격하거나 뭐 그럴 수도 있잖아. 우리 아빠가 그러는데, 히치하이크 하는 사람들은 그것에 대한 대가를 줘야 한댔어."

재즈가 말했다.

"그렇긴 해. 하지만 달리 방법이 없잖아?"

레드는 가방을 집어 들었다.

"어쨌든 한 번에 세 명을 공격하진 못할 거야. 역으로 돌아가서 찾아보자."

페리는 몇 미터 앞서서 걸었다. 그는 세 블록 정도 걷다가 멈추어 서서 오른쪽을 보았다.

"저 아래 가게들이 있는데, 가서 먹을 것을 구할 수 있는지 좀 볼까?"

그들은 길을 건너서 이내 식당과 조제 식품점, 과일과 채소를 파는 상점들 앞으로 왔다.

"우리가 원한 곳인데."

페리는 그들을 골목길로 데리고 가서 상점들 뒤로 연결

된 통로로 들어섰다.

"여기서 기다려."

레드와 재즈는 그대로 서서 페리가 커다란 금속 쓰레기통 위로 올라가는 모습을 지켜보았다. 그는 그곳에서 잠시 맴돌더니, 이내 씩 웃으면서 그들에게 엄지손가락을 들어 보였다. 그러더니 통 속으로 사라졌다.

잠시 후 통 위로 그의 얼굴이 나타났고, 샌드위치 빵 한 덩이를 꺼냈다.

"이건 유통기한이 하루 정도 지난 거야. 먹는 데는 문제 없어."

재즈는 당황한 표정을 지으면서도 그것을 받으러 그에게로 갔다. 다음에는 과일이 든 비닐봉지를 꺼냈다.

"이런 건 여기 많아."

이렇게 말하며 페리는 다시 통 속으로 사라졌다.

묵직한 부츠 발걸음 소리가 통로 맨 끝으로부터 들려왔다. 찢어진 티셔츠에 머리를 민 불량배 세 명이 그들을 향해 달려왔다.

"야, 이놈이."

그들은 쓰레기통을 발로 차더니, 끝을 잡고 흔들어대기

시작했다.

"얌마, 이건 우리 거란 말이야. 너, 거기서 나와. 네 머리를 짓이기기 전에!"

8. 낯선 집에서의 하룻밤

　페리가 얼굴을 드러냈다. 가장 덩치 큰 불량배가 그를 향해 소리를 지르며 무거운 부츠 발로 쓰레기통을 향하여 돌진하더니, 세차게 페리를 차며 통 안에 착륙했다. 페리는 통 안으로 고꾸라졌다. 비명 소리와 두들겨 패는 소리가 들려왔다. 몸이 쿵쿵 부딪히는 소리가 통의 양옆에서 들려왔다. 더 큰 비명이 들렸다. 다른 두 불량배는 계속해서 통을 세차게 흔들고 있었다. 그러더니 통 한쪽이 기울여지면서 마치 뒤집힐 것처럼 보였다.

　"그만! 그만하라고!"

　레드는 불량배들을 향해 돌진해서 놈들의 셔츠를 잡아당

겼다.

"그 애를 놔 줘! 걔가 너희를 해치지도 않았잖아."

"저리 가."

레드는 거칠고 심하게 밀쳐져서 바닥에 등을 강하게 부딪치며 넘어졌다. 그녀는 몸을 일으켜 세웠다. 양손에 난 상처가 다시 찢겼다.

"어떻게 해?"

재즈는 거의 울면서 레드 곁으로 왔다.

레드의 심장이 마구 뛰었다.

"모르겠어, 나도 모르겠어."

상점 위층 창문이 열렸고, 한 남자가 상체를 밖으로 내밀었다.

"썩 꺼져, 이놈들! 시끄러워."

"당신이나 꺼져, 노인네."

불량배 하나가 통을 흔들면서 외쳤다.

경찰 사이렌 소리가 들렸고, 곧이어 밴 한 대가 통로로 들어섰다.

"뛰어."

레드는 재즈의 손을 잡고 뛰어 어떤 열린 출입구로 몸을 피했다. 두 소녀는 말뚝 울타리에 기대 몸을 웅크렸다. 밴이 멈추어 섰고, 경찰 두 명이 내렸다. 그들은 덩치가 컸고, 그들의 엉덩이에는 권총 가죽 케이스, 길고 무거운 경찰봉, 무선기가 둘려 있었다. 그들은 쓰레기통으로 가서 페리와 불량배를 서서히 끄집어내었다.

"페리는 괜찮아?"

재즈가 속삭였다.

"조용히 해."

페리는 경찰에게 등을 붙잡혔다. 그의 찢어진 셔츠가 어깨에 조각조각 매달려 있다. 경찰은 그보다 한참이나 컸다. 레드는 바짝 긴장해서 그들이 하는 얘기를 들으려고 했지만, 너무 멀었다. 경찰 한 명이 밴 뒷문을 열고 잡은 두 명을 태웠다. 그리고 자신도 차에 올라탔다. 페리는 고개를 돌려 재즈와 레드가 있는 통로를 바라보았다. 그의 얼굴은 온통 피투성이였다.

레드는 밴이 사라지는 것을 지켜보았다. 밴이 떠나자, 둘은 숨은 장소에서 나왔다.

"이제 어떻게 하지?"

재즈가 속삭였다.

레드는 고개를 저었다.

"페리 없이 우리끼리는 못 가는데."

레드가 말했다.

그녀는 바깥 테이블에 테이블보를 씌우는 한 웨이터 앞에 멈추어 섰다.

"실례합니다만, 경찰서가 어디 있나요?"

그는 한 손으로 방향을 가리켰다.

"이 길 따라서 세 블록 더 내려가면 있어."

"경찰한테 가게?"

재즈가 물었다.

"모르겠어. 하지만 페리가 어디 있는지는 알아야 할 것 같아서. 경찰이 페리를 풀어 줄 수도 있잖아."

레드는 그렇게 믿고 싶었다. 아빠는 경찰에 절대로 가지 말라고 했다. 페리는 재즈의 아빠가 그들의 이름을 누구든지 검색할 수 있도록 데이터베이스에 올렸을 거라고 했다. 천만다행으로 사진은 없다. 순간 레드는 멈추어 섰다. 아찔했다. 사진이 있다. 재즈의 베란다에서 찍은 것. 그렇다면 그 사진이 지금 전국에 돌아다닌단 말인가.

그들은 계속해서 걸었다.

식당의 열린 문으로부터 토마토와 허브 향이 밴 피자를 굽는 냄새가 흘러나와 코를 찔렀다. 또 인도 카레와 베트남, 태국의 향신료 냄새도 그들을 괴롭혔다. 그들은 숨을 깊이 들이쉬면서 서로 바라보았지만, 아무 말도 하지 않았다.

5분 정도 더 걸으니 경찰서가 보였다. 꽃밭과 키가 큰 나무 사이에 의자가 여기저기 흩어져 있는 탁 트인 곳에 섰다. 재즈는 가방을 의자에 내려놓으며 털썩 주저앉았다.

"아, 절망적이야. 뭘 해야 하지, 징거?"

"글쎄."

레드도 앉았다. 몇 분 후 그녀가 말했다.

"난 계속해서 이상한 생각을 하고 있는데 말이야. 우리가 어릴 때 혹시 이런 이야기나 책을 읽은 적이 있니? 내용은 말이야, 아빠가 죽어서 정말로 슬픈 여자아이가 있었는데, 그 애가 병에 자신의 마음을 넣어서 목에 걸고 다니는 얘기야."

"기억 안 나는데. 그런데 네 말대로, 정말로 이상한 이야기네."

재즈가 말했다.

"그런데 나는 기억이 나. 병을 맨 소녀의 모습이 보여. 지금 나와 같아. 내 안에는 아무것도 없는 것 같단 말이야. 텅 비었다고. 모든 것이 밖에 있어, 혹은 사라졌거나. 그 아이처럼 말이야. 내 머리도 그렇다고, 생각할 수가 없어. 어떤 것도 할 수가 없단 말이야."

"너 괜찮니?"

"아니, 안 괜찮아."

레드와 재즈는 오랫동안 그곳에 앉아 있었다. 하늘이 어두워졌다. 사람들이 경찰서를 들락날락했다. 퇴근하는 사람들의 무리가 집으로 향했다. 레드는 공허함이 자신을 압도하고 있음을 느꼈다. 나는 아무것도 없이 시드는 것일까? 그저 쪼그라들어 사라지는 것일까? 아무것도 아닌 채로? 아무 데도 가지 않고? 나는 뭔가를 해야만 한다.

그녀는 일어서서 경찰서와 의자 사이를 걷기 시작했다. 150보. 그녀는 뒤돌아서서 다시 세기 시작했다. 아버지는 경찰에 가지 말라고 했다. 어쩌면 이 지역에 있는 경찰은 다르지 않을까? 그들을 믿을 수 있을까? 그들도 역시 해를

입히려는 사람들만큼 멀리해야 하는 걸까? 그녀는 손으로
가슴을 만지며 피부에 닿은 로켓을 꾹 눌러 보았다. 그녀
는 또 몸을 틀어 다시 온 길을 걸었다. 페리가 저기에 있
다. 그를 그대로 둘 수는 없다. 그녀는 재즈 앞에 섰다.

"앞으로 어떻게 할지를 생각해 봐야 해. 밤새 여기 있을
수는 없어. 경찰이 페리를 아침까지 붙잡고 있으면 우린
잠잘 곳을 찾아야 해. 하지만 오늘 밤에 풀어 준다면 여기
서 기다려야만 하고."

"지금 나한테 묻는 거야?"

"함께 생각하자는 거야."

레드와 재즈는 책상 앞에 서서 기다렸다. 경찰은 컴퓨터
에서 눈을 떼고 그들을 올려다보았다.

"잠깐은 시간 낼 수 있어, 아주 잠깐."

경찰들은 컴퓨터로 실종자들의 얼굴을 살피고 있었다.
자신과 같은 소녀들 사진이 일렬로 늘어선 플라스틱 의자
들 위의 벽에 붙어 있었다.

"우린 저기에 없어."

재즈가 속삭였다.

"아직은."

레드가 말했다.

경찰이 그들에게 다가오자, 레드는 깊이 숨을 들이쉬고
는 가능한 한 가장 심각한 표정을 지으며 말했다.

"저는… 아니, 우리는 사촌에 대해서 알아보려고요. 그
는 아까 싸움에 휘말려서 불량배들과 함께 경찰 밴을 타고
끌려왔어요. 언제쯤 그가 나올 수 있나 해서요."

"알았다. 이름은?"

누구의 이름을 말하는 거지? 그리고 페리는 자기 이름을
뭐라고 말했을까?

"이봐, 어린 아가씨, 이름이?"

어떤 이름을 대어야만 하지? 이름을 대면 여기 컴퓨터에
저장될 텐데, 데이터베이스에.

"로즈요."

"로즈, 성은?"

레드는 벽에 붙은 실종자들 사진을 흘끗 보았다. 미트시
워커, 긴 금발 머리카락이 얼굴에 내려와 있고, 코와 입술
에는 피어싱을 하고, 눈은 자신을 응시하고 있었다.

"로즈 워커요."

"어디에 사니, 로즈?"

"시드니요. 우리 집이 사이클론 때문에 파괴되었어요. 부모님은 거기 남아서 치우는 일을 하고 계시고, 우리는 여기 사는 부모님 친구분 댁에 묵으러 왔어요. 그분들 이름과 전화번호가 있어요."

그녀는 호주머니에서 케이트가 준 쪽지를 꺼냈다.

"마이클 부인 집 전화번호가 6964 40001이에요."

"잠시만 기다려 봐라."

그는 뒷문으로 나갔다.

"어떻게 하려고 그래?"

재즈가 두 눈을 동그랗게 뜨고 바라보았다.

"케이트가 기차에서 줬어. 그들이 페리를 풀어 주면 아마도 케이트한테 전화해서 재워 달라고 해야 할 거야. 아니면 그 언니가 트럭 타는 곳을 알려 줄 수도 있고."

몇 분이 지났다. 전화벨이 울렸지만, 아무도 받지 않았다. 레드는 플라스틱 의자에 털썩 앉았다. 등과 다리 아래로 딱딱한 프레임이 느껴졌다. 아버지를 닮은, 덩치가 큰 다른 경찰이 뒷문에서 나와서 레드와 재즈를 보았다.

"거기 어린 아가씨들, 뭐 도와줄 거라도?"

"괜찮아요. 다른 경찰 아저씨를 기다리고 있어요."

몇 분이 더 흘렀다.

드디어 처음의 그 경찰이 돌아왔다. 그는 나간 문이 아닌 다른 문으로 들어왔다.

페리도 함께 왔다. 그의 얼굴은 깨끗했고, 한쪽 팔에 붕대가 감겨 있었다. 티셔츠도 갈아입었다. 그는 레드를 보고 씩 웃었다.

"음, 이 애를 밤새도록 가둬 둘 생각이었지. 난 말이야, 이곳 아이들이 거리에서 싸움질하는 게 영 못마땅하거든. 하지만 마이클 부인이 와서 이 앨 데려간다면, 그분이 이 애가 더는 말썽을 피우지 않는다고 보증만 한다면, 그럼, 벌금 없이 풀어 줄게."

그는 카운터 끝 벽에 있는 전화기를 가리켰다. 레드는 전화기 옆으로 가서 메모를 꺼내서 번호를 눌렀다. 경찰한테 안 들리게 어떻게 말해야 한단 말인가?

발신음이 울릴 때 그녀는 경찰이 책상으로 돌아가서 컴퓨터 앞에 앉는 모습을 지켜보았다.

"여보세요?"

"여보세요, 케이트 언니?"

"그런데."

"레드예요."

"레드? 기차의?"

"네."

"어디니? 괜찮니? 무슨 일이야?"

"얘기하자면 길어요. 문제가 좀 생겨서 경찰서에 와 있어요. 경찰이 언니 엄마가 와서 우릴 데려가야 한대요."

"우리 엄마? 왜? 어, 알았어. 잠시만…."

그리고 배경으로 잘 알아들을 수 없는 말들이 들렸다.

"알았어, 내가 가서 너희를 데려올게. 한 15분 정도 걸릴 거야."

"고마워요. 그리고 케이트 언니, 정말로 미안해요."

그들은 경찰서에서 케이트가 오기를 기다렸다. 가능하면 경찰이 앉은 책상에서 가장 멀리 떨어진 의자에 앉아서 말이다.

"어떻게 된 거야?"

페리가 자그마한 목소리로 물었다.

레드가 이제껏 일을 설명했다.

"그리고 그들이 내게 네 이름을 물으면 뭐라고 말해야

좋을지 고민도 했어."

페리는 씩 웃었다.

"도미니크, 도미니크 워커. 저 벽의 사진에 있는 여자 성을 땄지."

레드와 재즈는 웃음을 터트렸다.

"뭐가 그렇게 우스워?"

"얘도 똑같이 그랬거든. 얘는 로즈 워커!"

재즈가 말했다.

"역시 통하는 게 있군."

페리가 말했다.

잠시 뒤 케이트가 도착했고, 그녀는 곧장 경찰에게 갔다.

"저 애들을 맡을 분인가요?"

경찰이 그녀를 올려다보며 말했다.

"저, 혹시 어디선가 본 것 같은데? 동창인가, 우리?"

다시 경찰이 말했다.

"그런 것 같은데."

케이트가 고개를 끄덕이며 말했다.

"지금은 애들을 데리고 집에 가서 뭘 좀 먹여야 하니, 나중에 연락할게."

"그래, 나중에 봐."

아이들은 그녀를 따라서 나무 아래에 주차된 자동차로 왔다.

"언니가 전화번호를 주어서 정말 다행이었어요."

레드가 말했다.

"필요할 거라는 생각이 들었지."

그들은 텅 빈 거리를 통과했고, 그저 불빛만 새어 나오는 작은 집들을 지나쳤다.

"우릴 데려가도 언니 엄마가 괜찮을까요?"

"좀 당황하고 계셔. 실은 우리 둘 다 멍한 상태야. 미리 엄마한테 너희 얘길 해 뒀어. 기차에서 만났고, 시드니의 혼란으로부터 탈출하는 애들이라고. 그랬더니 데려오면 먹을 것과 따뜻한 잠자리, 그리고 너희가 목적지에 잘 도착할 수 있도록 돕겠다고 했어. 멜버른에 있는 삼촌한테 가는 것 맞지?"

"네, 그럼요."

"하지만 페리, 어떻게 된 거야? 싸움에 휘말린 것 같은데."

"뭐 그렇게 됐어요."

"좀 복잡해요. 언니 집에 도착하면 설명할게요."

레드가 말했다.

그들은 불규칙하게 뻗은 칼리스테몬 나무를 향해 난 작은 길로 들어섰다. 그 나무 뒤에 가려진 집이 하나 있는데, 그것이 케이트의 집이었다. 케이트는 뒤뜰에 차를 세웠다. 게으른 개가 자기 집에서 꼼짝도 안 하고 그들이 현관문으로 걸어가는 것을 지켜보았다.

"들어와."

케이트가 말했다. 그녀는 가방을 부엌 의자에 올려놓고 열쇠를 바구니에 던졌다.

그들은 주방 가운데에 있는 커다란 나무 테이블에 둘러앉았다. 케이트의 어머니, 안나는 긴 흰머리를 어깨까지 풀어 헤치고, 구운 치킨을 잘라서 감자와 당근, 완두콩이 가득한 접시 위에 올려 내왔다.

"모두 정원에서 난 거지. 암탉도 마찬가지고."

그녀가 말했다.

레드는 포크로 완두콩을 한가득 퍼서 침이 가득 고인 입으로 가져갔다.

"맛있어요."

그녀가 말했다.

"너희는 사이클론이 지나가는 중심에 있었다고?"

레드는 고개를 끄덕였다.

"지독한 일을 경험했구나. 재건하려면 몇 년은 걸릴 텐데. 사람들이 그러는데, 그런 일이 또 일어날 수 있다더라. 그래서 그런 일에 익숙해져야만 한다고. 어쩌면 해안 지역을 공원이나 뭐 이런 곳으로 바꿔야 할지도."

레드는 물을 길게 한 모금 마셨다. 불현듯 그녀는 입속에 콧속에 머리카락 사이사이에 끼었던 진흙과 모래, 죽은 개의 썩는 냄새, 구조센터를 가득 메운 사람들이 떠올랐다. 그녀의 손이 떨렸다. 완두콩이 접시로 떨어져 테이블로, 그리고 바닥으로 굴러떨어졌다.

"죄송해요. 전 그저…."

레드는 목이 조여 왔다. 그녀는 의자를 뒤로 밀어 일어섰다. 모두 그녀를 바라보았다.

"욕실은 복도 끝에 있어."

케이트가 말했다.

레드는 욕실을 찾아 들어가 문을 닫았다. 수도꼭지를 틀어 차가운 물을 얼굴에 텀벙텀벙 뿌렸다. 눈물과 차가운 물이 뺨을 타고 흘러내렸다. 한참을 그렇게 있다가 그녀는 수도꼭지를 잠그고, 얼굴을 수건으로 닦고, 욕조 끝에 앉았다. 떨리던 몸은 안정을 되찾았고, 호흡도 정상으로 돌아왔다. 레드는 수건걸이에 수건을 걸어 놓고, 제자리로 돌아왔다. 케이트가 주방 밖에 서 있었다.

"괜찮으니?"

레드는 고개를 끄덕였다.

"나도 옛날 영상이 생생하게 살아날 때가 있어. 그때 겪었던 상황을 생각할 때면 그렇지. 너만큼 괴롭지는 않았지만 말이야."

그녀는 팔을 레드의 어깨에 두르고 함께 주방으로 갔다.

페리는 케이트의 어머니와 얘기 중이었다.

"케이트 누나가 그러는데, 농장에서도 사셨다면서요?"

"그래. 케이트 아버지가 죽고 나서 마을로 이사 왔지."

"어떤 농장이었어요? 동물을 키웠어요? 아니면 농사를 지었어요?"

"둘 다. 주로 가축을 키웠지. 그리고 밀도 수확했고."

"그럼, 말도 있었어요?"

"케이트가 어렸을 때는. 넌 농장에 관심이 많은 것 같구나. 넌 어디서 살았니?"

"예전에 잠깐 농장에 산 적이 있어요. 아주 꼬맹이 때요. 제 말도 있었어요."

레드는 그가 말하는 것을 지켜보았다. 그는 목소리를 낮추며 자신의 접시 위에 있는 소스를 젓고 있다. 전에 그가 뭐라고 했더라? 그래, 엄마가 죽었다고 했다. 왜 농장을 떠난 것일까?

"저도 농장에서 살고 싶어요. 참 재미있을 것 같아요."

재즈는 케이트와 그녀의 어머니를 보고 방긋 웃었다.

"농장 일은 힘든 데다가 돈도 적게 벌어."

케이트가 말했다.

"네 말이 맞다."

안나는 접시를 치웠다.

"과일은 거실에 가서 먹자. 몇 가지 물어보고 싶은 것도 있으니."

그녀는 아이들을 데리고 복도를 지나 거실로 갔다. 거실에는 어두운 녹색 가죽 쇼파가 많았다. 한쪽 벽에는 진한 나무 장식장이 있다. 그 장식장 한쪽에는 옛날 하드커버 책들이 잔뜩 있고, 다른 한쪽에는 파란색과 하얀색 무늬로 장식한 우아한 찻잔들과 접시들이 장식되어 있다.

벽난로 옆 벽의 일부가 쑥 들어간 공간에는 사진들이 진열되어 있다. 아름다운 옷을 입은 사람들, 결혼사진, 앞 베란다에서 노는 아이들. 가운데에 가족사진처럼 보이는 큰 사진이 걸려 있다. 레드는 구식의 긴 드레스를 입은 여자들과 옷깃을 세우고 검은 재킷을 입은 남자들을 물끄러미 쳐다보았다. 맨 앞줄에는 아주 어린 아이들이 있었는데, 모두 하얀 피나포(소매가 없는 점퍼 스커트식의 옷) 스타일로 입고 있었다.

"내 고조할머니야."

케이트는 사진 중앙의 나이 든 여자를 가리켰다.

"열한 살 때야."

케이트의 손가락이 바로 뒤에 있는 남자와 여자한테로 갔다.

"그리고 여기 작은 아이는."

케이트는 가장 작은 아이를 가리켰다.

"내 할머니야."

"언니는 참 행복하네요."

레드는 오랫동안 그 사진 앞에 서 있었다.

"자, 나는 너희와 밥 먹은 것도 즐겁고, 너희가 오늘 밤 우리 집에서 자는 것도 좋단다. 나는 처음 보는 사람에게도 얼마든지 호의를 베풀 수 있다고 믿는 사람이야. 너희도 나와 같은 마음이기를 희망하면서 하는 말인데, 누군가가 너희를 찾고 있는 것 같구나."

케이트의 어머니는 잠시 말을 중단했다.

"너희가 설명을 좀 해줬으면 한다. 케이트 말에 따르면, 너희가 어떤 위험에 처한 인상을 받았다던데."

"아니, 아니에요."

재즈가 밝게 웃으면서 말했다.

"우리는 시드니에서 큰 재난을 겪어서 멜버른에 있는 삼촌한테 가는 거예요."

레드는 긴장한 채로 두 눈을 굴렸다. 그녀는 맞은편에 앉은 페리를 바라보았다. 그도 고개를 끄덕였다.

"그건 사실이 아니에요. 우린 위험에 처해 있어요. 심각해요. 그런데 정확히 그게 어떤 위험인지 몰라요. 처음부터 얘기할게요."

그러면서 레드는 자신이 진흙 속에서 누군가의 이름을 중얼거리면서 깨어난 순간부터 얘기하기 시작했다. 페리는 테이블에 가만히 앉아서 그녀가 얘기하는 모습을 지켜보았다.

레드는 학교에서의 그 밤 얘기, 재즈가 구조센터에서 자신의 사진을 발견한 얘기와 뒤이은 만남 등을 간략하게 말했다. 말하니까 속이 다 후련했다. 마치 양쪽 어깨에서 무거운 짐을 내려놓은 것 같은 기분이었다. 하지만 레드는 컴퓨터로 메모리 스틱을 확인했다는 말을 할 때쯤에는 약간 주저했다. 그녀는 깊이 숨을 들이쉬었다.

"제 아빠였어요. 아빠는 알아보겠더라고요. 아빠와 무슨 일이 있었는지, 우리가 어디에 있었는지는 전혀 기억이 나지 않았지만요. 화면 속에서 아빠가 한 말은 정말로 무서운 것들이었어요. 우리보고 그 스틱을 멜버른의 어떤 위원회의 판사한테 가져다주라고 했어요."

"아마도 왕립위원회일 거야."

케이트가 말하자, 그녀의 엄마도 고개를 끄덕였다.

"모든 범죄를 모조리 조사하는 곳이지. 마약, 살인, 부패

경찰. 그들이 몇 년 전부터 어떤 사건을 파헤치기 시작했는데, 거기에 네 아버지가 관련되어 있을지도 몰라. 전국에서 직업을 잃은 경찰이 상당수 있다는 소문이 돌았어. 또 대기업이 관련되었을 가능성도 많아. 사람들은 대기업을 존경하지만, 그들은 수백만 달러어치 마약을 밀수하고, 다른 범죄와도 관련이 있어. 그들은 무슨 일이든지 저지르지. 거액이 걸려 있으니까."

"뭐 어쨌든, 우린 멜버른에 가야만 해요. 기차에서 내린 이유는 재즈의 아버지가 우릴 데려가려고 했기 때문이에요."

레드의 맞은편에 앉은 케이트의 어머니는 두 손을 무릎 위에 꼭 쥐고 있었다.

"왜 이 모든 것을 처음에 재즈의 부모님에게 말하지 않았니? 그들이 도와줬을 텐데."

"제 말이 그 말이에요."

재즈가 말했다.

"아무에게도 말하고 싶지 않았어요. 메모리 스틱에서 아빠가 아무한테도 말하지 말라고 했거든요. 특히 경찰한테는요. 재즈의 아빠는 경찰이에요. 제 말은, 재즈의 아빠가 나쁜 사람이라는 건 아니고요, 그저 아빠가 시키는 대로 해야만 할 것 같아서요."

"음, 말은 늘 조심해야만 해. 모든 경찰이 부패한 건 아니야."

안나가 고개를 저으며 말했다.

"경찰 대다수는 법을 수호하는 사람들이지. 내 생각엔, 그들이 너희를 그 위원회까지 가도록 도움을 줄 것 같구나. 여기 경찰 중에 내가 평생 잘 알고 지낸 경찰들이 몇 명 있어. 그들의 가문도 훌륭하지. 그들은 어떤 범죄와도 연관되어 있지 않아. 그들에게 말한다면, 너희는 어떤 위험에도 처하지 않고 안전할 거야."

"하지만 우린 누구를, 무엇을 믿어야 할지 확신이 서질 않아요."

레드는 그녀를 뚫어지게 바라보며 말했다. 케이트의 어머니에 대해서 불안한 감정이 일었다. 내일 아침에 경찰에게 전화를 하면 어쩌지? 그럼, 경찰이 문 앞으로 들이닥칠 것이고, 그들이 재즈의 부모님을 부를 것이고, 메모리 스틱은 재즈의 아버지 손에 넘어갈 것이다. 안 된다…. 아빠도…메모리 스틱도…그 무엇도.

"난 너희끼리 멜버른에 가는 건 반대야. 너희는 아직 미성년자야. 이건 너희가 하는 어떤 게임하고는 달라. 너희한테 무슨 일이 일어날 수도 있어. 그럼, 난 양심의 가책을 받을 거야. 내일 아침에 적절한 해결책을 찾아보자."

"자, 그만 자자. 배도 부른데, 너희도 마찬가지겠지?"

케이트가 끼어들었다.

잠시 뒤 그들은 거실 바닥에 캠핑용 매트리스를 깔고 누웠다. 레드는 잠이 오질 않았다.

"그들이 우릴 도울 수 없을 것 같아. 케이트는 도움이 될 수도 있겠지만, 그 엄마는 아니야."

"그런 것 같아. 좀 꺼림칙해. 지금 당장에라도 그 오랫동안 알았던 경찰에게 전화해서 우릴 밀고할 것 같아. 이런 마을은 서로 다 알거든. 우리 스스로 방법을 찾아야 할 것 같아."

페리가 말했다.

"하지만 어떻게 해? 시작부터 어느 정도 틀어졌어. 처음부터 우리 엄마 아빠한테 말했어야 했는데. 그럼, 일이 이렇게 엉망진창이 되진 않았을 거야."

재즈는 이렇게 말하고는 몸을 돌려 두 사람을 등졌다. 그러고는 잠 속으로 빠져들었다.

페리는 레드 곁으로 가까이 가서 속삭이듯이 얘기했다.

"내 생각엔, 내일 버스를 타고 멜버른으로 가는 게 좋겠어. 아침 일찍 몰래 빠져나가서 기차역으로 가자."

"하지만 돈이 없잖아."

"생각해 봤는데, 케이트의 가방이 주방 의자에 있어."

"그럴 순 없어."

"더 좋은 생각이 있어? 돈을 갚겠다는 메모를 써 놓으면 되잖아."

"안 돼. 말했잖아. 돈을 훔칠 수는 없어."

"네 아빠가 만든 그 메모리 스틱이 그렇게 중요한 거라면 누군가가 너한테 보답을 해줄 거야. 그들이 널 돌봐줄 거라고. 그리고 멜버른까지 가는 버스 비용은 그리 비싸지도 않아. 케이트는 여기서 회복될 때까지 한동안 있을 거라고. 딴 곳으로 갈 계획이 없다고. 그러니까 돈이 필요치 않을 거야. 어쨌든 그런 사람들은 은행에 가면 더 많은 돈이 있어. 아마 없어진 줄도 모를걸."

"그건 네가 모르는 소리야."

레드는 마음이 흔들렸다. 그녀는 마치 낚싯줄 끝에 걸린 물고기 같았다.

어부 페리는 다시 꼬였다.

"이틀 안에, 아니 어쩌면 내일쯤이면 넌 그 메모리 스틱을 건네 줄 수 있어. 그 사람들이 네 아빠에 대해서 많은 걸 알고 있을지도 모르잖아. 심지어는 네가 왜 시드니에 있었는지, 네 아빠는 어디 있는지, 네가 알고 싶은 것을 모두 말해 줄지도 모르잖아. 만약에 케이트의 엄마 말대로 한다면 우리는 경찰서에 가서 날 질질 끌고 간 그놈들한테 우리 얘기를 말해야 할 거야. 그럼, 그들은 의심의 눈초리를 보내다가, 순식간에 재즈의 아빠한테 알리고, 우리의 이름은 전국의 데이터베이스에 올라가게 될 거야. 아직 자료를 안 올렸다면 말이야. 네 아빠가 말했잖아, 위원회가 하는 일을 막으려고 하는 사람들이 있다고. 만약에 그들이 케이트가 언급한 대기업 사람들일지, 암살자들일지, 아니면 부패한 경찰들일지 모를 일이잖아. 일류 해커들이 항상 데이터베이스를 해킹하고, 경찰 내부에는 적들과 내통하는 자들이 포진하고 있어. 그럼, 놈들은 네가 누구인지, 네가 멜버른에 간다는 것도, 그것이 네 아빠가 준 증거와 관련이 있다는 것도 알게 될 거야. 그렇게 되면 놈들은 네가 멜버른에 도착하도록 가만 놔두진 않겠지."

물고기는 물 밖으로 나와서 둑으로 올라왔다. 레드는 고개를 끄덕였다.

"선택의 여지가 없네. 조금 눈만 붙이고, 동이 트기 전에 떠나자."

페리는 고개를 저었다.

"지금 잠이 들면 제때에 깨어나지 못할 거야. 그러니 자지 말고 깨어 있다가 동이 트기 시작하면 출발하자."

9. 버스 안에서

"아, 이대로 못 있겠어. 계속 눈을 뜨고 있기가 어려워."

레드가 옆으로 돌아누우며 페리를 바라보았다.

그는 똑바로 누워서 천장을 응시하고 있다.

"너에게 이야기를 하나 해 주는 게 좋을 것 같아. 학교에서 했던 것처럼 말이야. 염소 세 마리 이야기야. 제목은 세 친구 염소."

"동화네."

"마음에 들지 않으면 네가 하나 얘기해 줘."

"난 아는 게 없어."

"하나 만들어서 해 주든지, 아니면 사실을 얘기해 줘도 되고."

"일테면?"

레드는 깊이 숨을 들이쉬었다.

"음, 이건 불공평해. 넌 나에 대해 다 알잖아. 나는 기억
나는 건 모조리 말해 주는데 말이야. 나는 어떤 비밀도 없
다고. 그런데 난 너에 대해서 아는 게 전혀 없잖아. 아무것
도. 네 가족은 어디 있어? 왜 같이 안 살아? 뭐 때문에?"

재즈의 고른 숨소리가 조용한 방에 울려 퍼졌다.

"좀 복잡해. 이제껏 아무한테도 말하지 않았어."

"아까 저녁 먹을 때 농장에서 살았다고 했잖아. 그 얘기
좀 해 봐."

"말할 것도 없어. 한 열 살 때까지였으니까. 크지도 않았
어. 아빠는 다른 사람을 대신해서 그 농장을 경영해 준 거
였어."

"그때 말을 갖고 있었구나."

"어."

"왜 그곳을 떠났어?"

"얘기하자면 길어."

페리는 눈썹을 치켰다.

"농장은 돈이 안 됐어. 몇 년간 가뭄이었고 그리고…."

레드는 가만히 기다렸다.

페리는 뒤척이며 두 손으로 얼굴을 감쌌다. 그는 그녀를 바라보지 않았다.

"그러고는 엄마가 죽었어."

"끔찍한 얘기구나. 미안해."

"사고가 났어. 엄마는 운전 중이었어. 우린 사고가 났는지 전혀 몰랐지. 정말로. 엄마가 몰던 차가 굴러서 계곡으로 떨어졌어. 몇 시간 동안 그대로 방치되었어. 엄마는 죽었고, 켈리도 죽었어."

"켈리?"

"내 동생."

레드는 손을 뻗어서 그의 몸에 손을 얹고는 위로해 주고 싶었다. 하지만 그녀는 가만히 누워서 아무 말도 하지 못했다.

"겨우 두 살이었어. 그래서 마을을 떠나게 되었지, 아빠와 난. 우린 시드니로 왔고, 보모가 날 키웠어. 나름 좋았어. 그녀는 아이가 없어서 날 조금 버릇없이 키웠지. 하지만 오래가지는 않았어. 한번은 보모와 아빠가 대판 싸운 거야. 아빠의 술 때문이었지. 그 이후로 아빠에게 애인이 생겼는데, 보모가 그녀를 좋아하지 않았어. 우습지만, 그 애인을 클럽에서 아버지한테 소개해 준 사람이 바로 보모야. 그런데도 싫어한 거지. 그래서 떠나 버렸지. 그 이후로 우리끼리 살았어."

그는 잠시 조용했다. 레드는 완전히 잠이 깼다. 계속 얘기할 건가? 그가 왜 가족을 떠났는지 말할 건가?

"보모 없이도 한동안은 괜찮았어. 그런데 그녀가 우리와 함께 살겠다고 우리 집으로 들어온 거야. 아빠 애인이 말이야."

"넌 그 여자 안 좋아했어?"

"무척 싫어했어. 둘은 맨날 클럽에 가서 놀거나 애인의 친구들과 어울려 놀았어. 아빠와 내가 사는 방식이 있는데, 그 여자가 와서는 망쳐 놓았어."

그는 말을 중단했다.

"나는 참을 수가 없었어. 결국 집을 나왔지."

"그래서 어디로 갔어?"

"그냥 돌아다녔어."

"하지만 어디서든 자야 했을 거 아니야. 먹을 것도 필요

했을 테고."

페리가 킬킬 웃었다.

"너 혹시 도둑질했니?"

"음식을 먹을 장소와 잠을 잘 장소는 많아."

"궁전 같은 곳?"

"아니, 모든 것이 파괴되기 전에 말이야. 사이클론이 오기 전에는. 교회 사람들과 거리의 사람들은 참 다정했어."

"그런데 아빠가 보고 싶지 않았어? 널 찾지는 않았어?"

"처음엔. 몇 번은 경찰에 잡혀가기도 했어. 한번은 그들이 날 집으로 데려갔을 때 아빠가 집에 있었어. 그리고 그 애인도. 아빠는 아무 말도 하지 않았는데, 그 여자가 나한테 고래고래 소리를 지르는 거야. 그 여잔 내가 하지도 않은 일을 했다고 덮어씌웠지. 내가 나쁜 아이들과 어울려 다니며 아지트를 만들어 놨을 거라고 했어. 그런데 아빠는 그저 앉아서 그 여자가 그런 말을 하도록 그냥 놔두는 거야. 난 거기에 있을 수 없었어. 그래서 다시 나왔지."

"아빠가 안 보고 싶어?"

"조금. 엄마가 더 보고 싶어."

그들은 다시 아무 말 없이 누워 있었다. 그는 무슨 생각을 할까? 나한테 말한 것이 기쁠까? 나는 그에 대해 안 것이 기쁘다. 난 무슨 말을 해 줘야 하나?

페리는 그녀를 팔꿈치로 툭툭 쳤다.

"일어나, 레드. 가야 해."

황금빛의 가늘고 긴 햇살이 블라인드를 통해 들어왔다. 재즈가 몸을 움직였다.

"어딜 간다고? 왜 넌…."

"쉿, 우리 떠날 거야."

재즈는 눈썹을 치키며 몸을 일으켰다.

"무슨 소릴 하는 거야?"

"우린 떠날 거라고. 레드와 난 아침에 버스를 타기로 했어. 지체하면 케이트의 엄마가 우릴 밀고할 거야."

"우린 가야만 해, 재즈. 멜버른에 도착해서 즉시 볼일을 본 다음에, 곧바로 시드니로 돌아가면 돼. 그럼, 다시 정상적인 생활로 돌아갈 수 있어."

레드가 말했다.

그녀는 페리가 건네준 노트에 메모를 남겼다.

케이트 언니에게,

이런 식으로 떠나서 미안해요. 그리고 돈을 가져가는 것도 미안해요. 하지만 멜버른에 도착해서 빨리 판사를 만나야 해요. 부탁이니, 제발 우리가 어디로 갔는지 아무에게도 말하지 말아 주세요. 맹세코 돈은 갚을게요.

레드.

그녀는 노트에서 메모한 종이를 찢어서 베개 위에 올려놓았다. 그러면서 마지막 문장을 흘끗 보았다. 어떻게 돈을 도로 갚지?

거리는 조용했다.

"어디로 가는지는 알고 가는 거야?"

재즈가 잠긴 목소리로 투덜거렸다.

"다시 기차역으로 가는 거야. 거기에 가면 버스가 있다고 했어."

"아직 밤이라고. 너흰 미쳤어. 거기다 내 휴대폰은 배터리가 나갔단 말이야."

"그만 좀 해, 재즈. 우린 돈까지 훔쳤어. 그건 경찰이 우

릴 잡으러 올 거라고 생각했기 때문이야. 그렇지만 않았어
도 거기에 아침 늦게까지는 있을 생각이었다고, 우리도.
우리 계획은 버스를 타고 여길 빠져나가는 거야. 넌 집으
로 가고 싶으면 그렇게 해. 가라고."

페리가 말했다.

"넌 늘 나만 괴롭혀."

재즈는 레드를 바라보며 도움의 눈빛을 보냈다. 하지만
레드는 시선을 피했다. 그녀의 머릿속에는 온통 멜버른에
대한 것뿐이었다. 페리와 재즈가 싸우는 일은 그들의 문제
였다.

나무들 사이로 희미한 여명이 점점 밝아지고 있었다. 그
때 갑자기 귀에 거슬리는 하얀색 앵무새들이 그들 위로 낮
게 날면서 새된 소리를 내었다. 다른 새들도 이에 합류하
여 합창하기 시작했다. 태양이 떠오른다는 표시였다. 그들
은 자동차 몇 대가 지나가는 것을 보았고, 조금 있다가 트
럭 한 대가 천천히 오는 것을 보았다.

"이런 말은 하고 싶지 않지만, 저 자동차 중에 경찰이 있
어서 우릴 찾고 있으면 어쩌지?"

레드가 속삭였다.

"바보 같은 소리 그만해. 금방 터미널에 도착할 거야. 일단 가서 버스 시간표부터 체크해 보고, 만약에 우리가 한참을 기다려야 한다면 강이나 뭐 이런 데로 내려가서 아무도 안 보는 데 숨어 있자."

페리는 발걸음을 더 재촉하며 말했다.

그들은 코너를 돌았다. 역 불빛이 저 앞에서 보였다. 그들이 작은 가게로 향하고 있을 때 아까 보았던 트럭이 멈추어 서더니, 한 사람이 내려서 신문 뭉치 두 개를 계단에 던져 놓았다. 그러고는 다시 시동을 걸고 출발했다.

레드는 계단으로 가서 맨 위에 있는 신문을 각각 한 장씩 집었다. 첫 신문은 겨우 두 장짜리로, '지역 뉴스'를 전하는 신문이었다. 그녀는 1면을 거의 장식한 사진을 흘끗 보았다.

순간 움찔했다. 자신과 재즈가 활짝 웃고 있다. 베란다에서 어깨동무한 채로. 헤드라인은 '세 명의 틴에이저들 실종: 부모의 필사적 추적'이었다.

시드니 경찰의 앤드루 루카스 경위와 그의 아내 마거릿은 외동딸 재즈를 필사적으로 찾고 있다. 그녀는 리안논 찰머스와

신원이 밝혀지지 않은 10대 남자아이와 함께 도주를 하는 것으로 알려졌다. 경찰은 리안논 찰머스는 지난주 시드니 지역을 강타한 사이클론의 피해로 가족을 잃어 심각한 정신 장애를 앓고 있다고 전했다. 10대 남자는 현재 경찰이 조사하고 있다. 세 명은 어제 시드니에서 멜버른까지 가는 기차에서 마지막으로 목격되었다. 그들이 굴번이나 주니, 혹은 와가에서 내렸을 것으로 추측하고 있다. 이들을 보는 사람은 가능하면 빨리 지역 경찰에 연락해 주기를 촉구한다. 사례금을 제공할 것이다.

"그들이 우리 이름을 알고 있어. 우리 흩어져야겠어."

레드는 친구들에게 신문을 흔들어 보였다.

"이 기사는 도시 신문들과 TV에도 나왔을 거야."

레드는 거의 울기 직전이었다.

"잠깐만."

페리가 말했다.

"진정하자. 이곳 사람들은 아직 이 신문을 읽지 못했어. 서둘러서 버스 터미널에 가서 시간표를 체크해 보자. 우리가 뿔뿔이 흩어질 수도 있지만, 우선 시간표부터 보자고."

터미널에는 여자 청소부가 출입구 주변에서 나뭇잎을 청소하고 있었고, 한 남자는 창문 아래 의자에 앉아 있었다. 신문이 보도에 쌓여 있다.

"네가 가서 보고 와. 나와 재즈는 여기 있을 테니까."

레드가 말했다.

그들은 협죽도 덤불 뒤 풀밭에 앉아서 페리가 문밖에 붙어 있는 시간표를 점검하는 것을 지켜보았다. 그는 손가락으로 세로를 따라 내려가더니, 두 손을 도로 호주머니에 넣고는 몸을 앞뒤로 흔들어 댔다. 건물 안에 등이 켜졌고, 페리가 그 안으로 들어갔다.

15분 정도 기다리니, 그가 돌아와 종이 한 장을 레드에게 내밀었다.

"넌 운이 좋은데. 딱 한 장 남았더라고. 여기 20달러 잔돈. 나와 재즈가 쓸 경비는 있어. 네 말이 맞는 것 같아. 우리는 헤어지는 게 좋겠어. 너가 먼저 가고, 우린 다음 버스 타고 갈게. 오늘 오후 늦게나, 아니면 최악에는 내일 도착할 거야. 네가 탈 버스는 한 시간 남았어. 도착하면 멜버른 버스 터미널에서 우릴 기다려. 무슨 일이 있거나 우리가 다음 버스로 가지 않으면 너 혼자서 위원회를 찾아가도록 해."

레드는 손에 든 티켓을 흘끗 보았다.

"열여섯 살이라고 적혀 있네. 난 아무래도 그 정도는 아닌 것 같은데."

"오늘은 그렇다고 해. 그렇지 않으면 보호자가 써야 할 형식이 있으니까. 그리고 네 이름은 아직 로즈 워커야."

레드는 페리와 재즈를 연달아 바라보았다.

"고마워, 너희 둘. 조심해. 케이트의 엄마가 지금쯤 일어나서 우리가 사라진 걸 알았을 거야. 아마 여기부터 찾으러 올걸."

"우린 강 아래로 내려갈게. 넌 버스가 올 때까지 혼자 있어야 해."

그는 재즈가 먼저 앞서도록 잠시 기다린 다음, 레드를 돌아보고는 그녀의 어깨에 한 손을 얹었다.

"괜찮을 거야."

그녀는 고개를 끄덕였다.

"너도."

레드는 터미널에 점점 사람들이 도착하는 것을 지켜보았다. 자동차와 소형 트럭이 밀려 들어와 남자와 여자, 아이들을 쏟아 내었다. 그들은 가방을 들고 복잡한 대기실로 들어갔다. 그때 옆면에 빨간색과 녹색 캥거루들이 그려진 거대한 버스가 천천히 게이트로 들어오더니, 레드로부터 15미터도 채 안 되는 곳에 멈추었다.

사람들이 앞으로 쭉 나아갔다. 레드는 케이트와 그녀의 엄마가 사람들 무리에 있는지 자세히 살펴보았다. 지금쯤 그들은 분명히 일어났을 것이다. 그러면 틀림없이 셋이서 어디로 갔는지를 알아차렸을 것이다. 지금 거대한 관목들 뒤에 숨어 있는데도 그녀는 홀로 완전히 노출된 듯한 느낌이었다.

자동차 한 대가 터미널에 급하게 들어서더니, 거친 소리를 내며 멈추어 섰다. 머리를 자연스럽게 늘어트리고 긴 티셔츠에 청바지를 입은 케이트가 운전석에서 내리더니, 대기실로 전력 질주했다. 잠시 뒤 그녀는 차로 다시 돌아와서는 조수석 창문에 얼굴을 대고 말했다.

"여긴 없는 것 같아. 아무도 못 봤대."

그녀는 손을 들어 눈 위에 대고는 태양을 피하며 거리 아래를 살펴보았다.

레드는 숨을 죽였다. 마음 한구석에서는 당장 뛰어나가 케이트에게 걱정하지 말라고, 자기네들은 괜찮고, 멜버른에 도착해서 꼭 돈을 갚겠다고 말하고 싶었다. 레드는 그녀의 차를 타고 이곳을 떠나고 싶은 충동을 느끼며 티켓을 꼭 쥐었다. 페리와 재즈가 이곳을 뜬 지 30분가량 되었다. 곧 버스를 타야만 한다.

"어서 가요."

그녀는 숨을 죽이며 속삭였다.

"떠나요, 어서요, 떠나라고요."

케이트는 계속해서 엄마와 무슨 얘기를 하고 있다. 그리고 마침내 운전석 문이 열리더니, 그녀는 차에 올라탔고 자동차는 천천히 출발했다.

레드는 찬찬히 50까지 세고는 일어서서, 어깨에 백팩을 메고는 버스로 향했다.

"짐은 없니?"

버스 기사가 그녀의 티켓을 점검하면서 빙긋이 웃었다.

레드는 고개를 끄덕였다.

"당일로 가나 보구나?"

"네, 뭐."

"네 좌석은 뒤에서 두 번째 오른쪽 창가야."

"고맙습니다."

레드는 좌석에 가서 앉았고, 천천히 숨을 내쉬었다. 지금까지는 괜찮았다. 티셔츠 속에서 로켓을 꺼내 입을 맞추었다. 아마 오늘 오후나 내일쯤에는 그 위원장 손에 넘어갈 것이다.

"안녕."

젊은 여자가 옆에 앉으면서 말했다.

"난 캐시야."

"로즈예요."

"반가워, 로즈. 멜버른까지 가니?"

레드는 고개를 끄덕였다.

"전에는 이 버스에서 한 번도 본 적이 없는데, 이 근처에 사니?"

"아니, 시드니에 살아요."

레드는 이렇게 말하자마자, 곧바로 후회했다. 다른 곳을 댔어야 했다. 난 시드니에 대해서 기억나는 것이 거의 없지 않은가.

"실은 시드니에서 태어났는데, 멜버른으로 이사를 했어요. 와가에서도 보모와 함께 산 적이 있고요."

거짓말을 하는 건 참 쉬운 일이다. 길고 복잡한 모험담도 지어낼 수 있다. 요즘 난 친척 관계와 집, 사는 곳을 자주 꾸며 냈다. 다른 사람들도 그럴까? 케이트는? 재즈는? 페리는? 특히 페리는 어떨까? 그가 어젯밤에 얘기한 것이 모두 사실일까? 어쩌면 그는 경찰에 쫓기는 신세일지도 모른다. 어쩌면….

캐시는 가방에서 책을 한 권 꺼내면서 레드에게 말했다.

"차 타고 가는 내내 책을 읽을 거니까, 신경 쓰지 마. 일주일 있다가 시험이 있어, 이 책을 읽고 에세이를 써야 하거든. 이미 늦었어."

레드는 빙긋이 웃었다.

"알았어요. 저는 잘 생각이에요. 어젯밤에 거의 못 잤거든요."

레드는 버스가 출발해서 와가 거리로 접어드는 것을 보면서 눈을 감았다. 그리고 버스가 확 트인 황갈색 초원으로 접어들 때 이따금 눈을 떴다. 옆에 있는 캐시는 책에 몰두해 있다. 조용한 음악이 흘렀고, 낮게 웅성거리는 대화 소리가 들렸다.

레드는 백팩을 열어 노트를 찾았다. 손에 도서관에서 가져온 그림책이 스쳤다. 그녀는 가방에서 그 책을 반쯤 들어 올려 커버의 여자애 얼굴을 빤히 바라보았다. 그림 속의 두 눈이 자신을 바라보고 있었다. 그림책을 다시 집어넣고, 노트를 꺼내다가 아침에 집은 신문이 바닥으로 떨어졌다. 그녀는 얼른 발로 사진을 가렸다.

"그 신문 좀 봐도 되니? 그 애들 기사 봐도 되느냐고."

"저…."

"분명히 시드니에 또 뭔가 끔찍한 일이 생겼나 봐."

캐시는 신문을 주워 들더니, 순간 멈칫했다.

"여기 이 애는 너 같은데."

"그래요?"

"그래, 같은 눈, 같은 미소."

레드는 의기소침한 채로 밝은 미소를 지었다. 3일 전에 찍은 사진이다.

"아니에요, 저보다 어려 보이는데요."

"뭐 그럴 수도. 불쌍한 아이들. 만약 내가 모든 걸 다 잃었다면 견딜 수 없을 거야."

그들은 흄 고속도로를 달리고 있다. 북쪽으로 향하는 맞은편에는 육군 트럭들이 달리고 있다.
"저들은 시드니를 청소하러 가는 길이야."
캐시가 말했다. 그러고는 다시 책에 몰두했다.

레드는 덩치 큰 군인들 차가 마지막 한 대까지 사라질 때까지 지켜보다가, 아침에 가져온 또 다른 신문, 〈시드니 모닝 헤럴드〉를 집어 들었다. 1면에는 자신과 페리가 있었던 구조센터의 사진들로 도배를 했다. 거대한 옷 더미는 가대 테이블에 잔뜩 쌓여 있고, 장난감 상자들은 분류되기를 기다리고 있다. 맨 밑에 있는 한 줄의 기사가 눈에 띄었다.

멜버른: 왕립위원회 청문회 마감 - 4페이지

레드는 서둘러 페이지를 넘기다가 그만 신문이 찢어지고 말았다. 위원회를 닫다니, 말도 안 된다. 메모리 스틱을 전해 줘야 하는데.

왕립위원회 위원장인 판사 존 스탠턴은 어제 살인과 마약 밀매, 돈세탁, 관행화된 경찰 부패에 대한 청문회가 이틀 남았다고 말했다. "우리는 증거 확보 때문에 골머리를 앓고 있습니다. 경찰 파일과 기업, 과세 기록을 포함한 일부 증거가 시드니의 사이클론 피해 속에서 손실되었습니다. 현재 우리는 잃어버린 증거를 수색할 팀을 꾸렸습니다. 컴퓨터 데이타가 복구되지 않는다면 우리 조사는 막을 내리게 될 것입니다."

레드는 무릎에 신문을 그대로 펼쳐 놓았다. 이틀이라. 그럼, 오늘과 내일이네.

"캐시 언니?"

"응?"

"몇 시에 멜버른에 도착해요?"

"글쎄, 아마도 오후 중반쯤. 도중에 몇 군데를 경유해."

오후 중반이라. 도착하면 페리와 재즈를 기다려야만 할까, 아니면 혼자서 위원회로 가야만 할까? 어떻게 해야 하지? 만약에 위원회를 찾지 못한다면?

그녀는 노트를 펼치고 펜을 꺼냈다. '내가 기억할 것', 그녀는 노트 맨 위에 이렇게 썼다. 그리고 창밖을 보았다. 작은 마을을 지나가고 있다. 옆문에 차고가 있는 술집, 창가 작은 테이블 양옆에 다 쓰러져 가는 의자 두 개가 있는 카페, 그리고 다시 버스는 시골길로 접어들었다.

사이클론이 들이닥쳤고, 페리가 진흙 속에서 나를 발견했다. 나는 같은 이름을 반복해서 말했는데, 그 이름이 제임스 마틴이라고 했다. 난 그 이름이 누구인지 모른다. 나는 내 이름조차도 몰랐다. 그런데 지금은 몇 가지 알고 있다.

1. 내 진짜 이름은 리안논 찰머스.

2. 재즈는 내 베프고, 5학년 때 팔이 부러졌다.

3. 나는 아빠와 또 다른 남자와 떠났고, 우린 비행기를 탔다.

4. 아빠의 이름은 데이비드고, 재즈 엄마 말에 따르면, 난 엄마가 없다고 했다.

5. 우리는 애들레이드로 향하는 비행기를 타고 있었고, 그러고는….

6. 지금 나는 아빠의 메모리 스틱을 가지고 있고, 그것을 왕립위원회에 가져가야만 한다.

7. 어떻게?

8. 어떻게?

9. 어떻게?

레드는 두 눈을 감았다. 컴퓨터 화면에 아버지가 나왔을 때 그를 알아볼 수 있었다. 그녀는 눈을 꼭 감았다.

아빠, 말 좀 해 줘. 위험에 관한 걸 말하지 말고, 내가 무엇을 해야 하는지를 알려 줘. 우리가 어디로 갔는지, 위원회가 어디에 있는지를 말이야. 내가 학교에 다녔어? 내가 친구가 있었어? 왜 난 도로 시드니로 돌아온 거지? 내 목에 아빠의 메모리 스틱은 누가 걸어 준 거야? 아빤 지금 어디 있어?

레드는 갑자기 똑바로 앉았다. 전에도 이렇게 어딜 간 적이 있었다. 아빠랑. 엄마랑은 한 번도 없었다. 밤에, 딸랑 여행용 가방 하나 들고 남루한 인형 강아지를 들고. 아빠가 정말로 미안하다고 말했다. 아침까지 운전을 해서 갔다. 거기가 어디였지? 왜 간 거지? 너무 많은 질문이 몰려온다. 아빠, 도대체 어디 있어?

10. 길고 긴 나홀로 밤

버스는 휴게소에서 멈추어 섰다. 주유소의 급유 펌프와 패스트푸드 음식점이 관목을 벤 넓은 공간에 불규칙하게 퍼져 있다. 레드는 캐시를 따라서 내렸다. 캐시는 음식점으로 향했다. 레드는 몸을 돌려 주차장을 둘러보았다. 아무 말도 하고 싶지 않았다. 어떻게 해야 할지를 생각해야만 했다. 멜버른, 그곳에 가서 그다음에는? 멜버른은 큰 도시다. 버스 터미널도 와가보다는 훨씬 더 클 것이다. 페리의 말대로 기다려야 할 것이다. 멜버른 버스 터미널엔 의자도 많을 테니, 와가에서 오는 다음 버스가 올 때까지 기다릴 수 있을 것이다. 페리는 올 것이다. 그리고 재즈도.

그들이 오면 함께 그 판사가 어디 있는지를 물어서 찾아가면 될 것이다.

순간 그녀는 발걸음을 멈추었다. 그녀 앞에 울타리가 나타났다. 마른 풀이 깔린 작은 방목지였다. 코에 하얀 반점이 있는 밝은 갈색 말이 그 안에서 고개를 아래로 떨구고 풀을 우적우적 뜯어 먹고 있다.

그녀의 발걸음 소리를 듣고 그 말이 고개를 들더니, 그녀를 향해서 오고 있었다. 레드의 몸이 떨렸다.

말 한 마리가 우리 집 울타리 너머로 몸을 기울이고 있다. 나는 그 모습을 지켜보고 있다. 아빠는 계속해서 말을 하며 말의 코를 가볍게 툭툭 친다. 다치지는 않았지만, 말은 고개를 위로 흔들어 댄다. 그러고는 찻잔만큼 큰 이빨을 드러낸다. 이빨은 검은 얼룩이 박힌 지저분한 노르스름한 색으로, 기묘한 소리를 내었다. 나는 돌아서서 집 안으로 달려갔다. 그리고 침대에 몸을 던지며 울고 또 울었다.

눈물이 레드의 두 눈에 그렁그렁했다. 그녀는 몸을 돌려서 왔던 길을 달려서 자동차들을 지나쳐 주차장 끝까지 왔다. 그녀는 멈추어 섰다. 호흡이 가빴고 거대한 입구 표지판 기둥에 기대었다. 더 많은 차가 몰려왔다. 그녀는 주변을 돌아보았다. 타고 온 버스가 어디 있지? 순간 그녀는 아찔했다. 어디선가 빵빵 하는 자동차 경적 소리가 크게 들렸다. 그녀는 두 눈을 크게 뜨고, 소리 나는 방향으로 몸을 돌렸다.

"널 두고 떠날 뻔했잖아, 얘야."

레드는 버스에 올라탔고, 버스는 천천히 출발했다. 레드는 통로를 따라 자리에 와서 털썩 앉았다. 아까 그 말. 나도 말이 있던 곳에 있었다. 시골의 어느 곳, 그곳 옆집에 말이 있었다.

나는 이불을 가슴까지 끌어당겼다. 아빠가 현관문 밖에 서 있다. 무서워하지 마, 그저 말이라니까, 아빠가 말한다. 여기까지 오지 못해. 겁쟁이처럼 그러지 마.

"괜찮니?"

캐시가 물었다.

레드는 고개를 끄덕였다.

"좀 줄까?"

그녀는 가방에서 너트 초콜릿을 꺼냈다.

레드는 두 개를 받아서 먹기 시작했다.

버스는 고속도로를 한 10여 분간 달리다가 속도를 늦추었다. 레드는 캐시를 바라보았지만, 그녀는 어깨를 으쓱했다. 버스가 멈추어 섰다. 그러더니 살짝 앞으로 나아가고는 다시 멈추어 섰다.

"무슨 일일까요?"

"나도 몰라. 앞에서 접촉사고가 났나?"

캐시가 말했다.

버스는 멈추었다가 조금 출발하기를 반복하며 20여 분이 지나갔다. 왜 그런지 짐작도 할 수 없었다. 레드는 긴장한 채로 몸을 앞으로 숙이고 있었다. 차들의 긴 행렬이 저멀리까지 뻗어 있다.

"이렇게 밀리면 멜버른에 늦게 도착하겠네요?"

레드가 말했다.

위원회는 몇 시에 끝날까?

"그렇지."

캐시는 시계를 들여다보았다. 3차선으로 가던 차들이 1차선으로 줄어서 앞의 차들은 거의 움직이질 않았다. 마침내 버스의 앞 창문을 통해서 경찰차의 깜빡깜빡하는 빛이 보였다.

"사고가 났네."

캐시가 말했다.

그때 도로에서 경찰이 차들 사이를 누비는 것이 보였다.

"경찰들이 사람들에게 말을 걸고 있는데, 뭔가를 조사하나 봐."

캐시가 말했다.

레드는 바닥에 있는 신문을 흘끗 보았다. 날 찾느라고 그러는 건가? 버스가 멈추어 섰다. 두 경찰이 저 밖에서 걸어오고 있다. 그들은 얼굴을 버스 창문에 대고 안을 살펴었다. 레드는 얼른 몸을 낮게 숙이고, 노트를 폈다.

젊은 경찰이 버스 안으로 들어왔다. 그는 운전사에게 간단하게 말하고는 통로에 섰다.

"잠시만 실례하겠습니다. 우리는 10대 아이들 세 명을 찾고 있습니다. 시드니에서 온 아이들입니다. 둘은 여자고 하나는 남자입니다."

그는 앞으로 나오며 천천히 좌석에 앉은 사람들을 살펴보았다.

"그들은 어젯밤에 와가에서 도둑질을 했습니다. 그들이 멜버른으로 향한다는 소식을 듣고 지금 고속도로에서 모든 버스를 검문하는 중입니다."

레드는 얼른 머리카락을 내려 얼굴을 가렸다. 이런다고 모습이 달라질까?

경찰이 그녀 옆으로 점점 가까이 오고 있다. 그는 그녀 앞 두 번째 좌석에 있는 남자애랑 말을 하고 있다.

"젊은이, 이름이?"

소년은 뭐라고 중얼거렸다. 레드는 노트를 꽉 잡고 숨을 죽였다. 경찰에게 이름을 로즈라고 한다면, 그는 어젯밤에 자신이 경찰서에 갔었고 케이트의 돈을 훔친 사람이란 걸 알게 될 것이다. 케이트와 그녀의 엄마가 밀고한 게 틀림 없다. 왜 캐시한테 로즈가 아닌 다른 이름을 대지 않은 것 인가?

이제 그는 바로 앞좌석에 와 있다. 거기엔 할아버지 한 사람만 앉아 있다. 그곳을 지나쳐 그는 캐시를 보고 웃었고, 다음엔 레드를 바라보았다. 레드는 계속해서 몸을 구부린 채 두 눈은 경찰 엉덩이에 두른 넓은 검은색 벨트만을 바라보고 있었다.

"숙녀님은 이름이 뭐죠?"

말이 나오지 않았다. 덫에 걸린 토끼처럼.

"제 동생이에요. 멜버른에 사는데, 집에 가는 길이에요."

캐시가 말했다.

"그렇군요."

그가 움직였다.

레드는 숨을 죽였다.

경찰은 뒤쪽으로 갔다가 몸을 돌려 빨리 맨 앞으로 걸어갔다.

"고맙습니다, 여러분. 그들을 보면 경찰에 꼭 알려 주십시오. 그럼, 편안히 여행하시길 바랍니다."

레드는 크게 숨을 내쉬었다.

"신문에 있는 애가 너지?"

캐시가 물었다.

레드는 고개를 끄덕였다.

"다른 두 아이는 어디 있어? 너랑 같이 있던 애들."

"와가에 있어요. 흩어지기로 했어요."

레드는 잠시 말을 멈추었다.

"도와줘서 고마워요."

"괜찮아. 좀 과잉 수사한다는 느낌을 받았어. 와가에서 도둑질한 아이들을 잡으러 버스들을 세우다니. 앞으로도 매일 그럴 건가. 넌 범죄자처럼 보이진 않아."

캐시가 웃었다.

캐시는 왜 날 도와준 걸까? 지난 한 시간 동안 너무 많은 일이 일어났다. 그녀는 생각을 아까 시골의 그 집과 침대, 그리고 아버지에게로 되돌리고 싶었다. 그것이 기억난다면 분명히 다른 기억들도 떠오를 것이다. 어떻게 그것으로 다시 되돌아갈 수 있단 말인가?

그녀는 마음을 집중하고, 침대에 누운 장면으로 되돌아가려고 애썼다. 영상 속의 자신을 돌아보게 하거나, 일어나 앉게 할 수만 있다면? 방에는 다른 무엇이 더 있었던가? 그 집에는 누가 더 있었던가?

레드는 노트 빈 페이지를 한동안 물끄러미 바라보았다. 그녀는 그냥 끄적대기 시작하더니, 빠르게 침대 모양의 선을 그렸다.

버스는 스피드를 내며 질주하고 있다. 레드는 탁 트인 시골길을 흘긋 본 다음, 다시 노트를 보았다. 다음에 무슨 일이 있었지?

그녀는 두 눈을 감았다. 그 방을 생각해 보았다. 침대가 하나 있었고, 그 옆에 테이블이 있었다. 테이블 위에는 스탠드가 있었다. 재즈의 방에서 본 것과 같은 책장도 있었나? 컴퓨터는? 책상은? 옷장은? 이런 것들을 보려고 애를 썼지만, 머릿속에 떠오른 건 그저 상상인 것처럼 느껴졌다. 어느 것이 기억인지, 어느 것이 상상인지를 어떻게 구별할 수 있단 말인가? 레드는 자신이 그린 것을 빤히 바라보았다. 그러자 그것이 몽롱해지기 시작했다.

우리는 부엌에 서 있고, 아빠는 내가 학교에 가야만 한다고 말한다. 학교 가는 게 위험하긴 하지만, 내 교육을 망칠 수는 없다고 말한다. 난 학교에 안 갈 거야, 아빤 날 강제로 보낼 수 없어, 난 아무도 모른단 말이야, 친구들도 안 사귈 거야, 과목이나 진도도 달라서 그들은 내가 진짜 멍청한 줄 알 거라고, 그렇지 않다고 해도 말이야. 나는 아빠에게 소리를 질렀다.

이번에는 울지 않았다. 아빤 아주 똑똑하니까 날 가르쳐 주면 되겠네, 내가 말한다. 아빠는 테이블에 기대서 말한다, 난 모든 걸 알고 있진 않아, 가르칠 수 있는 것도 있고, 그렇지 않은 것도 있어. 많은 부분을 컴퓨터 강의로 배울 수 있지만, 나도 일 때문에 컴퓨터를 늘 써야 해, 우리 이 일에 대해서는 아침에 다시 얘기하자. 싫어, 내가 말한다. 아빠는 날 설득하려고 했지만, 결국 그는 어딘가에서 수업할 것을 구해 왔고, 나는 아빠가 컴퓨터로 일하는 동안 테이블에서 공부를 한다.

이건 사실 같다. 기억인 것 같다. 이 기억은 어디에서 온 것일까? 어떻게 이런 걸 알 수 있었을까? 그녀는 노트에 나열해 놓은 목록으로 갔다.

10. 우리는 시골에 있었고 나는 말을 무서워했다.

11. 나는 학교에 가고 싶어 하지 않았다.

12. 난 우리가 안전하다는 건 알았지만, 무엇으로부터 안전한지는 몰랐다.

그곳에서는 얼마간이나 머물렀을까? 어째서 난 시드니의 진흙 속에 있게 된 것일까? 그녀는 다시 두 눈을 감았다. 버스 엔진의 윙윙거리는 소리가 뭔가 떠오르는 것을 차단했다.

오후 중반이다. 이제 햇빛이 레드 옆 창문으로 들어오고 있다. 창밖의 농지는 점점 외곽의 집들로 바뀌어 갔다.

"멜버른에 도착하려면 얼마나 남았나요?"

레드가 물었다.

캐시는 창밖을 보았다.

"거의 다 왔어. 한 30분 정도."

캐시는 읽던 책을 덮었다.

"괜찮니? 버스에서 내리면 어디로 갈 건데?"

레드는 주저했다. 말해도 될까? 캐시는 이미 친절을 베풀었지 않은가. 이번에도 도움을 줄 수 있을지 모른다. 왕립위원회의 판사를 찾으러 간다고 말해야만 할까?

"친구가 마중 나올 거예요. 내려서 아직 안 왔으면 기다리면 돼요."

"터미널이 기다리기에 그리 나쁜 곳은 아니지. 기다리기

편하라고 화려하게 치장해 놓았어. 마땅한 장소를 찾아서 기다리면 돼."

버스는 경사가 높은 도시의 구획으로 접어들더니, 이내 곧 수평의 거리로 들어섰고, 점점 경사로가 낮아지는 도로를 달려 거대한 터미널로 들어와, 다른 차들 뒤에 섰다. 마치 먹이를 먹으려고 일렬로 선 돼지들 같았다. 이런 생각은 어디에서 나오는 걸까? 어떻게 알고 있을까?

"잘 가."

캐시는 좌석 위 선반에서 가방을 세게 잡아당기면서 말했다.

"고맙습니다."

레드는 승객들이 버스에서 내려서 짐 꺼내는 곳으로 갈 때까지 기다렸다가 내렸다. 운전사는 짐칸에서 여행용 가방과 노란 끈으로 묶은 상자들, 크고 두꺼운 비닐 가방 등을 꺼내었다.

레드는 에스컬레이터를 타고 터미널 안으로 들어갔다. 거대한 게시판에는 도착과 출발을 알리는 목록들이 나열되어 있고, 탑승과 연기, 출발을 알리는 공지가 번쩍번쩍거렸다.

사람들은 음료수 자판기와 과자 자판기 주변에 몰려 있거나 의자에 편안한 자세로 앉아 있기도 하고, 바닥에 그룹을 지어 앉아 있기도 했다. 허둥지둥 뛰어다니는 소리가 레드의 오른쪽에서 났다. 돌아봤더니, 경찰 네 명 앞에 움츠리고 있는 젊은 남자가 보였다.

레드는 경찰을 응시했다. 그들의 검은 부츠, 경찰봉이 매달린 벨트, 권총, 휴대용 컴퓨터. 그들은 각각 말끔한 짧은 머리를 하고, 가슴과 어깨의 근육이 느껴지도록 꽉 조이는 셔츠를 입고 있다. 선글라스를 껴서 다른 사람들과는 구분되었다. 그들은 사람들의 눈을 볼 수 있지만, 사람들은 그들의 눈을 볼 수 없다. 경찰들은 그녀가 이제껏 본 사람들 중에 덩치가 가장 컸다.

갑자기 배가 요동치며 아파졌다. 그녀는 서둘러 그곳을 떠나 여자 화장실로 가서, 백팩을 내려놓고 수돗물을 틀어, 손바닥을 씻고 또 씻었다. 심장이 쿵쿵 뛰었다. 왜 그렇게 두려운 것일까? 아무것도 잘못한 것이 없는데. 아니, 뭐 많이 잘못하지는 않았는데. 케이트의 돈은 갚을 것이다. 메모리 스틱 속 아버지 목소리가 다시 들려왔다.

어떤 상황에서도 다른 사람 손에 이것을 넘겨주지 마세요. 경찰에게 넘기지 마세요, 아무도 믿지 마세요. 다시 반복해서 말하는데, 아무도 믿지 마세요.

그러니 그녀는 경찰에 가서 위원회가 어디 있는지는 물을 수 없다. 경찰이 왜 그곳에 가려고 하는지, 자신이 누구인지를 알려고 할 테니 말이다.

"손이 많이 더러워?"

꼬마가, 키가 레드 허리 정도 오는 꼬마가 그녀를 올려다보며 말했다.

"응, 좀 더러워서."

왜 아직도 손을 씻고 있는 것인가? 이제 어디로 가야만 하는가? 와가에서 오는 다음 버스는 몇 시에 도착할까? 페리와 재즈는 그 차를 탔겠지? 케이트의 엄마가 그들을 찾아냈으면 어쩌지? 아니면 경찰에 발각됐으면?

레드는 손 건조기에 물 한 방울이 남지 않을 때까지 손을 말리면서 고개를 저었다. 몇 분이 흘러갔다. 화장실에 사람들이 끊이지 않고 들어왔다. 레드는 그들을 살펴보기도 하고, 화장실 벽에 붙어 있는 가장자리가 말려서 좀 찢어지고 색이 누렇게 바랜 포스터 몇 개를 읽으며 시간을 보냈다. 그것들은 개인의 안전과 건강 체크에 대해서 경고하고 있었고, 임신했을 경우에 어디로 가서 도움을 청할지를 알려 주었다.

나가서 시간표를 체크해야 했다. 언제 페리와 재즈가 도착할지를. 레드는 중앙 홀이 훤히 보이도록 화장실 문을 열고 밖을 살펴보았다. 경찰은 없었다.

레드는 중앙 홀로 나아갔다. 도착 게시판이 노란 신호를 번쩍번쩍 보내고 있다. 와가에서 오는 다음 버스는 두 시간 정도 기다려야 했다. 두 시간이라. 그럼, 다섯 시다. 하지만 그 버스도 도중에 수색을 하겠지? 재즈와 페리가 그 경찰들한테 발각될까? 기다려야만 하나? 그 시간 동안 뭘 하지?

레드는 카페와 약국, 그리고 여행사 앞을 방황하며 시간을 보냈다. 그러다가 신문 가판대 앞에 멈추어 섰다.

'애도의 날'

짙고 까만 네모 안에 이 거대한 글자가 게시판을 채웠다.

신문 더미가 창문 안에 잔뜩 쌓여 있다. 그중 하나의 1면이 끔찍한 파괴 사진들로 가득했다. 한때는 단단한 건물들이 었지만, 이제는 파편이 된 외관들, 주택과 학교, 상점들의 잔해로 이루어진 거대한 산. 또 다른 신문에는 늙은 몸을 구부린 채로 울고 있는 여자의 얼굴이 실렸다. 한 손에는 비닐봉지를 꽉 잡고, 다른 손에는 지팡이를 쥐고 있다. 헤드라인은 '모든 것을 잃다, 또다시'였다.

몸이 떨리기 시작하면서 레드는 갑자기 시드니로 돌아갔다. 진흙 속에서 테이블 위에 앉은 페리를 물끄러미 바라보는 그 장면으로. '제이마틴제이마틴'이라는 이름이 머리를 두드렸다. 그녀는 몸을 돌려 터미널로 쏟아져 들어오는 사람들에게 집중하려고 애썼으나, 앞으로 휘청거렸고, 그들은 흐릿하게 뭉쳐져 보였다.

그녀는 생각에 집중하려고 애썼지만, 진흙 이미지만 강력하게 떠올랐다. 그리고 그 아이도. 시드니 구조센터에서 엄마의 다리에 매달려 사진 앞에서 우는 꼬마가 떠올랐다. 또 게시판 사진 속 우는 아이도 떠올랐다.

레드는 자리를 찾아서 거기에 앉았다. 백팩은 무릎에 올려놓고. 그녀는 두 눈을 감고 가슴에 가방을 꽉 안았다. 혼자서는 위원회를 찾아갈 수 없다. 그냥 여기 앉아서 와가 버스가 오기를 기다릴 것이다.

레드는 오랫동안 앉아 있었다. 점점 그녀는 자신이 버스를 타고 있다는 착각에 빠져들었고, 고속도로를 달리며 버스의 단조로운 엔진 소리에 졸음이 왔다. 꾸벅꾸벅 졸다가 문득 무릎에 무언가 닿는 느낌에 깨어났다. 뒤엉킨 머리카락이 두 눈 위로 내려온 어떤 꼬맹이가 얼굴에 함박웃음을 지으며 레드의 무릎에 두 손을 얹었다.

"타일러. 언니한테 그러면 못 써."

레드 옆의 여자가 말했다.

"괜찮아요. 안녕, 타일러."

레드는 앞으로 몸을 숙였다.

꼬맹이는 낄낄 웃으며 박수를 치다가, 뒤로 벌렁 넘어져 엉덩방아를 찧었다.

"안아 봐도 돼요?"

"그럼."

레드는 백팩을 옆에 내려놓고 타일러를 안아서 무릎에 앉혔다. 꼬맹이는 낄낄거리며 방글방글 웃었다. 레드도 밝아지는 느낌이었다.

"넌 참 잘 웃는구나."

타일러는 계속해서 깔깔 웃었다. 레드도 웃었다. 몸의 긴장이 풀리는 것 같았다. 나도 이런 아기였을 때가 있었을까? 그녀는 무릎을 가볍게 흔들어 타일러를 살짝살짝 튕겨주었다.

"너무 많이 그러면 안 돼. 방금 점심을 먹었거든. 너한테 게울지도 몰라."

아기 엄마는 이렇게 말하면서 가방에서 작은 플라스틱 오리를 꺼냈다.

"자, 타일러."

아기 엄마가 그 장난감에 힘을 주자, '꽥꽥' 소리가 났다. 꼬맹이는 얼른 그것을 잡아챘다.

"어디로 가는 길이야?"

아기 엄마가 관심을 레드에게 돌렸다.

"아무 데도 안 가요. 이제 막 도착했어요. 누구를 기다리고 있어요."

"가족이야?"

"아니요. 베스트프렌드들이요."

이렇게 말하니 기분이 좋았다. 페리와 재즈. 나에겐 베스트프렌드다. 재즈는 아주 오랜 친구고, 페리는 새로운 친구. 이 세상에 유일한 친구들이다. 레드는 이런 생각을 떨쳐 냈다.

"와가에서 다음 버스를 타고 오거든요."

"우린 밸러랫으로 가는 길이야. 내 엄마한테 말이야. 내일 엄마 생신이거든. 온 가족들이 모여서 큰 파티를 해. 우리 형제자매들과 외삼촌들, 이모들, 사촌들, 한 50여 명은 모일 거야. 그들 중에는 아직 타일러를 못 본 사람들도 있지."

"아기를 참 예뻐할 거예요."

레드는 아가의 머리를 쓰다듬었다. 생일 파티라, 가족, 사촌들. 나도 그런 게 있었을까? 더 많은 생각이 들었지만, 떨쳐냈다.

오후가 거의 지나갔다. 타일러와 그 엄마는 떠났다. 레드는 더디게 움직이는 시계를 지켜보았다. 그리고 주변 사람들도 살폈다. 그녀는 시계를 자주 보지 않으려고 시선을 딴 데로 돌렸다. 문신한 남자들 네 명, 검은 가방을 끌고 가는 세 명, 전화로 얘기하는 다섯 명.

4시 30분이다. 아직 버스가 도착하기에는 이른 시간이다. 그녀는 도착 게시판을 체크했다. 11번 게이트다.

그녀는 천천히 중앙 홀을 지나서 에스컬레이터를 타고 내려가서 텅 빈 게이트로 갔다. 30분만 있으면 페리와 재즈가 온다. 그들은 버스에서 내리며 주변 사람들을 살펴보다가 자신을 보고는 안도의 웃음을 지을 것이다.

셋이 모여서 어찌해야 할지를 의논해야지. 모든 것이 잘될 것이다.

5시 15분, 와가에서 온 버스가 들어왔다. 차 문이 열리고, 운전사가 내렸다. 레드는 그쪽으로 향했다. 운전사는 뒤로 물러섰고, 승객들이 내리기 시작했다. 아이들과 함께 내린 두 여자, 지팡이를 짚고 조심스럽게 내리면서 운전사의 팔을 잡은 할아버지, 캐시와 같은 또래로 보이는 여자 둘, 아이들과 가족들….

페리와 재즈는 없었다.

레드는 움직일 수 없었다. 그저 버스 짐칸에서 가방을 꺼내는 사람들만 물끄러미 응시하고 있었다. 그녀는 차에서 내린 사람들을 쭉 훑어보았다. 검은 가죽 재킷을 입은 젊은 남자가 혹시 페리로 변하지 않을까, 그 옆에 있는 여자

애가 재즈로 변하지 않을까. 그들은 어디 있단 말인가? 그녀는 당장 버스로 올라가서 모든 좌석을 샅샅이 살펴보고 싶다는 충동이 일었다. 좌석 밑에 그들이 숨어 있으면서 자신을 놀린다는 생각이 들었다. 그들이 웃으면서 갑자기 튀어나올 것만 같았다. 레드는 춥고 공허한 채로 발길을 돌렸다.

홀로 돌아온 레드는 어느 카페 앞 바닥에 주저앉았다. 이제 조명이 들어왔고, 사람들은 서류가방과 여행용 가방을 단단히 쥐고는 집으로 가는 기차나 버스를 타려고 서둘러 움직였다. 오늘 밤은 어디서 자지? 저쪽 모퉁이에는 카키색 롱코트를 입은 나이 든 남자가 신문과 잡지, 천 조각으로 넘쳐 나는 비닐봉지를 들고 있었다. 그의 검은색 구두는 찢겨서 발가락이 보였다. 그는 계속해서 바닥에 몸을 구부려 자신이 모은 것들을 한데 모았다. 레드는 그가 자리를 잡고는 비닐봉지 하나를 베개 삼아 베는 모습을 지켜보았다. 그는 무릎을 끌어당기고는 봉지에서 모자 하나를 꺼내서 두 눈 위까지 오도록 내려썼다.

차가운 바람이 버스 터미널에 불어왔다. 레드는 백팩을

끌어안은 채로 어깨를 웅크렸다. 여기서 자야만 하나? 담요로 뭘 이용해야만 하지? 어떤 젊은 남자가 그녀 옆 바닥에 웅크리고 앉았다.

"일행이 필요할 것 같아서."

그는 한 손을 뻗었다. 레드는 그의 손톱 밑에 새까만 때가 잔뜩 껴 있는 것을 보았다. 술 냄새도 났다. 그녀는 시선을 피하며 대답했다.

"아니에요."

"이러지 마."

"가세요. 난 혼자 있고 싶어요."

그녀는 가방을 꽉 쥐었다.

그는 앉아서 점점 가까이 다가왔다.

"거기 가만히 있어 봐."

또다시 더러운 손이 그녀에게 다가왔다.

"가라니까요."

그는 머리를 뒤로 젖히며 웃었다.

다시 말과 그 누런 이빨이 생각났다. 그녀는 벌떡 일어서서 따뜻한 카페 방향으로 갔다. 그가 쫓아왔다. 마치 가죽끈을 매고 몇 발자국 뒤에서 따라오는 개처럼.

"널 해치려는 게 아니야. 난 그저 같이 있고 싶어서 그 래."

레드는 몸을 돌려 그를 정면으로 바라보았다.

"날 좀 내버려 둬요."

그는 천천히 고개를 저었다.

"그럴 순 없지."

그는 입술에 교활하고 심술궂은 미소를 띠면서 그녀에게 다가왔다. 마치 옛 친구를 환영이라도 하듯이 두 팔을 활 짝 벌리면서.

레드는 몸서리치면서 있는 힘껏 뛰어 여자 화장실로 갔 다. 그녀는 가장 멀리 있는 칸막이 안으로 들어가서 변기 뚜껑을 닫고 그 위에 앉았다. 어떻게 감히! 가슴이 두근거 렸다. 놈의 뺨을 한 대 갈기든지, 백팩으로 머리를 한 대 후려쳤어야 했는데.

그녀는 일어서서 칸막이 문을 열었다. 백팩을 발로 차서 화장실 저 맨 구석으로 보냈다. 감히 어딜. 감히 아빠한테. 왜 여기 혼자 있는 걸까? 왜 이러고 있는 거지? 놈은 어디 로 갔을까? 그녀는 거울 앞으로 갔다. 왜 그러는 걸까? 그 녀는 몸 전체에 긴장을 느끼며 입술을 깨물었다. 모든 근육 하나하나가 폭발하려고 팽창하는 것 같았다.

거울 속 얼굴을 빤히 바라보았다. 두 눈은 그늘져서 움푹 팼고, 입은 창백한 피부 탓에 더욱 퍼레 보였다. 그녀는 세면대를 잡고는 몸부림쳤다. 거울 속의 모습을 떼어 내려는 듯이. 손에 난 찢어진 상처에서 피가 흘러나왔다. 고통이 손가락 사이를 파고들었고, 그녀는 바닥에 주저앉아 엉엉 울었다.

레드는 손에 난 피를 닦았다. 재즈의 부모님에게 말을 했어야만 했다. 그들과 함께 시드니에 있었어야만 했다. 그랬으면 지금 잔뜩 배가 부른 채 따뜻한 침대에 누워 있을 것이다. 그들은 좋은 사람들이었다. 아버지가 메모리 스틱에서 경고한 사람들과는 달랐다. 그들은 어떻게 해야 할지 알고 있었을 것이다.

그녀는 다치지 않은 손으로 뺨에 흐르는 눈물을 닦고는 백팩이 있는 곳으로 기어갔다. 가방을 질질 끌면서 가장 가까운 칸막이로 들어가 문을 닫았다.

누군가가 그녀 옆 칸으로 들어왔다. 곧이어 변기 물을 내리는 소리가 났고, 문이 열렸다가 닫혔다. 그리고 세면대로 가는 발자국이 들리더니, 이내 나가는 소리가 났다.

좋아, 이제 혼자네.

레드는 칸막이 코너에서 백팩에 기댄 채 한동안 꼼짝도 하지 않았다. 화장실 타일이 딱딱하고 차가워서 등을 대고 누웠다가 옆으로 누웠다가 또 반대쪽으로 누우며 몸을 뒤척였다. 어떻게 하든 편안하진 않았다. 그녀는 백팩을 뚜껑을 닫은 변기에 받쳐 놓고 거기에 머리를 기대었다. 레드는 아래에서 기차의 요란한 진동을 느꼈다.

잠이 오질 않았다. 무릎을 끌어안고 공처럼 웅크리고는 앞뒤로 몸을 흔들었다. 그녀가 입은 반바지 밑으로 나온 거친 실밥이 자꾸 피부를 자극했다. 왼쪽 팔꿈치가 근질근질했고, 왼쪽 발목은 모기에 물렸다. 물린 자국이 벌겋게 부풀어 오른 위로 멍든 자국이 희미하게 남아 있다. 이 멍은 꽤 오래된 것이다. 돌과 진흙에서 생긴 것 같지는 않았다. 분명히 그 전에 생긴 것이다. 언제? 어떻게?

나는 욕실에 있고, 아빠는 내게 소리를 지르고 있다. 빨리 와, 서둘러, 아빠가 말한다. 우린 비행기를 타러 가야 한다. 나는 아빠가 있는 곳으로 빨리 달리다가 세탁실 계단에 발부리가 걸려서 도구 상자에 정강이를 찧었다. 곧바로 멍이 들었고, 아빠는 행주에 얼음을 쌌다. 왜냐하면 비행기가 곧 떠날 것이기 때문에 시간이 없었다. 우린 그 비행기를 타야만 한다. 시드니에 사는 할머니가 아프기 때문이다. 할머니에게 갈 준비는 다 끝났다. 오늘 밤 가지 않으면 다시는 할머니를 못 볼지도 모른다. 나는 비행기에서 울지 않았다. 하지만 내가 얼마나 많이 다쳤는지를 말하고 또 말했다. 아빠는 팔로 내 어깨를 감싸 주며 말한다, 다리에 멍이 들어서 죽은 사람은 아직 아무도 없어.

아빠의 말을 받아서 영리한 말로 대꾸를 했을까? 레드는 멍을 만져 보았다. 이제 더는 아프지 않았다. 그렇다면 이것이 내가 시드니에 있게 된 이유일까? 할머니한테는 잘 갔을까? 괜찮으신가? 사이클론이 덮쳤을 때 할머니는 어디에 계셨을까?

머리가 텅 비었다. 그녀의 기억은 다시 닫혔다. 그녀는 백팩 지퍼를 열고 노트를 꺼냈다.

13. 우리는 시드니에 갔다. 할머니가 아프셔서 아빠가 할머니를 보러 가길 원했기 때문에.

레드는 도로 노트를 가방에 넣고, 도서관에서 가져온 그림책을 꺼냈다. 이제껏 계속해서 이 책은 자신과 함께 다녔지만, 아직 한 번도 열어 본 적이 없었다. 그녀는 코너에 등을 기대고 바닥에 가능한 한 편안한 자세로 앉았다. 그리고 책을 펼쳤다.

처음 몇 페이지에는 옅은 회색 숄을 걸친 작은 소녀를 그린 그림이 나왔다. 그 그림들 위에나 아래에는 어떠한 설명도 없었다. 소녀는 풍경을 감상하며 가볍게 걷고 있다. 집 몇 채와 나무들, 큰 건물들. 그리고 소녀는 확 트인 넓은 공간으로 이동했다. 소녀의 몸을 나타내는 선들이 점점 강해지고 있다. 소녀는 페이지를 넘어갈 때마다 점점 더 커졌다. 이제는 검은 망토로 바뀐 소녀의 숄은 바람에 뒤로 날렸고, 그녀 앞에는 그녀와 점점 가까워지고 있는 불빛이 있었다. 레드는 마지막 페이지로 갔다. 소녀의 형태를 그린 단순한 검은색 선들은 사라졌다. 소녀는 이제 컬러가 되어서 도시에 모인 사람들과 함께 춤을 추고 있다.

그녀는 양팔을 벌린 채 환하게 웃고 있었다. 모든 것이 화려한 색채였다.

레드는 책을 두 팔로 끌어안았다. 가슴에 꼭 안았다. 그러다가 잠깐 졸았다. 졸면서 그녀는 모퉁이에서 살짝 미끄러져 차가운 타일 위에 누웠다. 천장에 난 창문을 통해서 까만 하늘과 유리에 흐르는 빗물이 보였다. 어깨가 아팠다. 일어나 앉아서 머리를 움직였고, 팔도 뻗어 보았다. 그녀는 책을 덮고는 다시 백팩에 넣었다.

레드는 세면대로 가서 얼굴에 차가운 물을 끼얹었다. 잠을 잘 수 없다면 내일 어떻게 해야 할지 생각해야 했다. 우선 몸을 따뜻하게 할 필요가 있었다. 가방을 열어 보니, 재즈의 청바지가 있다. 재빨리 그것으로 갈아입었다. 위원회에 찾아가려면 반바지보다는 긴 바지가 더 나을 것이다.

그녀는 어둠 속에서 왔다 갔다 하며 걸었다. 페리라면 어떻게 했을까? 그는 몇 가지 거짓말로 판사에게 가는 방법을 생각해 냈을 것이다. 그는 경찰이나 낯선 사람들, 혹은 길을 알려 주거나 도움을 주는 누구에게나 거짓말을 해서 어디로 가야 할지를 알아낼 것이다. 그는 돈이나 음식이 없다 해도 수단과 방법을 가리지 않고 그것들을 구해 낼 것이다. 누군가가 그에게 그러면 안 된다고 하면 그는 그냥 어깨를 으쓱할 것이다.

재즈는 어떻게 할까? 일단 그 아이는 징징거리며 집에 가고 싶다고 말할 것이다, 집에 가서 엄마와 아빠한테 도움을 청할 것이다. 레드는 빙긋이 웃음이 났다. 그런 다음 그녀는 인터넷에 접속해서 판사와 접촉하려 할 것이다. 모든 것을 편안한 의자에 앉아서 해결하려 들 것이다.

레드는 생각을 멈추고 팔짱을 꼈다. 그러고는 거울 속에 있는 자신의 그림자 형체를 물끄러미 바라보았다.

나는 어떻게 할 것인가?

그녀는 도로 바닥에 주저앉았다. 머리를 뒤로 젖히고 두 눈을 감았다. 나라면 어떻게 할 것인가?

11. 덩치 큰 여인의 정체

레드는 타일 바닥에 금속 양동이가 부딪치는 소리에 잠에서 깼다. 희뿌연 아침 빛이 천장 창문에 아직도 내리는 비 사이를 뚫고 새어 들어왔다.

"아침이야, 해 떴어."

살찐 아줌마가 머리에 새빨간 스카프를 두르고는 대걸레에 몸을 기대어 말했다.

"암소가 집을 나왔네. 도대체 넌 엄마 아빠가 있는 집에는 왜 안 들어가는 거니?"

레드는 뻣뻣한 몸을 일으켜서 얼굴에 찬물을 끼얹었다.

"그래, 뭐 난 신경 쓰지 마. 나야 마약을 복용한 너희의

뒤처리나 하는 그런 불쌍한 청소부니까 말이야."

"억울해요. 난 마약 같은 건 하지 않았어요. 거기다 여기를 엉망으로 만들어 놓지도 않았다고요. 내가 여기 계속 있었다고도 말할 수 없는 거죠."

레드는 어깨에 백팩을 둘러메었다.

"그리고 난 엄마나 아빠가 없다고요."

"이런, 미안하구나, 애야."

여자는 앞치마 주머니에서 동전 두 개를 꺼내 내밀었다.

"자, 이거 가지고 뭐 좀 사 먹어라. 꼴이 말이 아니야."

레드는 고개를 저었다.

"돈 같은 건 필요 없어요. 저도 있어요."

어딘가에 페리가 준 20달러가 있다. 아직 한 푼도 쓰지 않았다. 배에서 꼬르륵 소리가 났다. 갑자기 배가 고파서 죽을 것만 같았다.

"어쨌든 고마워요."

레드는 확 트인 중앙 홀로 나왔다. 가게나 매점은 아직 셔터가 내려져 있었다. 그런데 저 앞에 인터넷 카페라는 새빨갛고 노란 네온사인이 번쩍이고 있었다.

레드는 토스트에 스크램블드에그와 물 한 병을 주문하고

는 문에서 멀찌감치 떨어진 좌석으로 갔다. 가장자리 자리에 앉아서 커피를 사러 들어왔다가 나가는 사람들을 바라보았다. 이제 뭘 하지? 그녀는 노트를 꺼내서 빈 페이지를 펼쳤다. '왕립위원회를 찾자' 이렇게 적었다. 그런 다음 대문자로 'HOW?????'라고 적었다.

가만히 적은 글자들을 바라보고 있는데, 검은색 앞치마를 한 여자 종업원이 주문한 토스트와 스크램블드에그가 담긴 김이 모락모락 나는 접시를 들고 왔다. 레드는 허겁지겁 먹었다. 난 페리처럼 거짓말을 할 줄도 모르고, 어찌해야 할지도 모른다. 그녀는 토스트의 마지막 한 조각까지 먹고는 주변을 둘러보았다.

카페 저쪽 구석에 컴퓨터가 쭉 놓여 있었다. 재즈의 집에서 했던 것처럼 인터넷을 검색하면 될 것이다. 왕립위원회, 스탠턴 판사. 분명히 어딘가에는 주소가 나와 있을 것이다.

레드는 접시를 옆으로 밀어 놓고는 종업원에게로 갔다.

"컴퓨터 좀 쓰고 싶은데요."

"죄송합니다, 사용할 수 없습니다."

"왜요?"

"서버에 문제가 좀 생겨서요. 어제부터 안 되고 있어요. 이메일을 체크하시려고요?"

"아니요. 뭘 좀 찾아보려고요."

"도와 드릴까요?"

레드는 머뭇거렸다.

"여기에 왕립위원회가 있다는데, 어디 있는지 알고 싶어서요."

젊은 종업원이 방긋 웃었다.

"저는 몰라요. 벤디고에서 여기 멜버른에 온 지 일주일밖에 안 됐거든요. 그래서 여기에 무엇이 있는지 모릅니다. 안내 데스크에 가서 물어보시면 될 것 같은데요."

레드는 계산을 하고, 중앙 홀로 나왔다. 저쪽 벽 쪽에 어제 나이 든 남자의 모자로 가린 머리가 신문 더미와 넝마들 사이를 비집고 삐죽 나와 있었다. 검은 정장을 한 비즈니스맨과 여성들이 빗물이 뚝뚝 떨어지는 우산을 들고 빠르게 그를 지나쳐 갔다.

페리와 재즈가 다음 버스로 올까? 레드는 이 생각을 떨쳤다. 시간이 없다. 오늘이 마지막 날이다. 혼자서 위원회를 찾아야 한다.

안내 데스크의 셔터가 올라갔고 조명이 켜졌다. 경찰과 경비원은 포스터 아래 출입구에서 얘기를 나누고 있다. 포스터에는 '빅토리아 국립 미술관'이라고 쓰인 거대한 글자가, 옛날 옷을 입고 무릎에 꼬마를 앉힌 채 해먹에 누워 있는 젊은 여자 그림 위에 적혀 있었다. 레드는 깔깔거리며 웃던 꼬맹이 타일러 생각이 났다.

레드는 깊게 호흡을 하고는 두 눈을 안내 데스크에 고정하고는 출입문 옆에 있는 경찰과 경비원을 지나쳐 갔다.

"스탠턴 왕립위원회를 찾는데요."

레드는 부드러운 목소리로 말했다.

데스크 여자는 인상을 찌푸렸다.

"뭐라고요?"

"멜버른에 있는 왕립위원회요."

여자는 몸을 돌려 커튼이 쳐진 뒤의 사무실에 대고 큰 소리로 물었다.

"매튜, 왕립위원회가 어디 있는지 알아?"

레드는 출입문 옆에 있는 경찰과 경비원을 흘끗 보았다. 그들이 들었을까? 아무런 움직임이 없다.

매튜가 뒤에서 나왔다.

"제일 빠른 방법을 알려 줄게요. 윌리엄 스트리트로 쭉 올라가다 보면, 론스델 스트리트와 만나는 곳이 나와요. 거기에 법원단지가 있어요. 연방법원과 가정법원을 비롯한 법 관련 단체들이 다 있어요. 대법원도요. 학생이 찾는 곳도 거기 있을 거예요."

그는 도시 지도가 나온 팸플릿을 펼치고, 빨간색 펜을 들었다.

"여기 이 문으로 나가서 버크 스트리트로 가서 쭉 윌리엄 스트리트가 나올 때까지 가면 됩니다. 거기서 왼쪽으로 가면 돼요. 10분밖에는 안 걸려요."

그는 지도에 목적지를 표시해서 그녀에게 건넸다.

레드는 버스 터미널 출구에 서 있었다. 연방법원이라. 굉장히 중요한 것처럼 느껴진다. 그곳에는 판사들이 있을 것이다. 어쩌면 그 위원장도. 가면 알게 될 것이다. 그곳에 가서 물어보자. 10분이라. 그의 말대로라면 10분 정도면 그 판사를 만날 수 있을 것이다.

그녀는 쓰레기통에서 신문을 한 장 꺼내서 머리에 썼다.

비가 그녀의 어깨 위로 떨어졌다.

위원회가 거기에 없으면 어쩌지? 그곳에 있긴 한데 아무
도 날 만나 주지 않으면 어쩌지? 그들이 아버지와 그 메모
리 스틱에 대해서 전혀 모르면 어쩌지? 안으로 들여보내
주지 않으면 어쩌지? 법원에 들어가려면 정장을 해야 한다
고 하면 어쩌지? 그녀는 고개를 저었다. 그만하자. 생각이
너무 멀리 갔다. 이제 거의 다 왔다.

그녀는 터미널 밖으로 향하는 사람들 무리 속에 휩쓸려
나아갔다. 빠르게 지나가는 자동차들로부터 물이 튀었다.
머리 위에 쓴 신문지에 배어 든 빗물이 팔과 얼굴로 떨어
졌다. 버크 스트리트 코너에서 그녀는 신문을 휴지통에 버
리고는 신호등 앞에서 기다리는 검은 정장을 입은 사람들
사이에 끼어 섰다.

레드는 건너편에 법원이 보이는 버스 정류장 칸막이에
서 있었다. 법원은 검은 돌로 만들어졌다. 거대한 돌벽과
그 위에 둥근 지붕. 보도에도 출입문에도 경찰이 깔려 있
었다. 그녀는 갑자기 작아지는 느낌을 받았다. 전보다 훨
씬 더. 셔츠 아래에 있는 메모리 스틱을 들어서 입을 맞추

었다.

"이제 다 왔네, 거의 다 왔어."

15분이 지났는데도 그녀는 여전히 서서 그 건물 안으로 오가는 사람들만 지켜보고 있었다.

전차가 거리 중앙에 섰고, 교복을 입은 10여 명의 학생이 레드가 서 있는 거리로 쏟아져 나왔다. 그들은 선생님 주변으로 모여들었다.

"이런 기회는 다시는 찾아오질 않아. 오늘이 왕립위원회 청문회 마지막 날인데, 판사의 판결을 들으러 여기 견학 온 거야. 나중에 애기를 낳으면, 이 나라에서 체계화된 범죄를 가장 의미심장하게 조사한 현장에 있었다고 말하도록."

선생님이 이렇게 말하며 활짝 웃었다.

레드는 그들에게 가까이 다가갔다. 그녀는 고개를 돌려 마치 뒤에 있는 콘크리트 벽에 간 금을 살피고 있는 것처럼 행동했다. 그들의 말을 한 마디도 놓치지 않으려고 귀를 쫑긋이 세우면서 말이다.

"법원에 들어가면 화장실부터 알려 줄 거야. 그리고 나와 동행하지 않고는 법정 밖으로 나오지 못한다는 걸 명심

하고, 학교를 대표해서 행동을 잘하도록. 이제부터 허튼소리는 끝. 그리고 오늘 법정에서 보고 들은 것에 대해서 내일 간단하게 테스트를 하겠다. 질문은?"

그들은 길을 건너기 시작했다. 레드도 따라서 건넜다. 경찰들은 그들이 올라가서 반짝반짝 빛나는 대리석 바닥과 진한 패널 벽으로 된 넓은 방으로 들어갈 때 전혀 주의를 기울이지 않았다. 차례차례 그들은 백팩을 엑스레이 머신 벨트 위에 올려놓았다. 그리고 학생들은 엑스레이 프레임을 통과하며 앞으로 나아갔다. 순간 소리가 났고, 경비원이 레드 앞에 선 소년을 불러서 그의 부츠를 지적했다. 소년이 몸을 숙여 부츠를 벗는 사이 레드는 여학생 무리들과 함께 그를 지나쳐 안으로 들어갔다.

레드는 여학생들을 따라서 여자 화장실로 들어가서 손 건조기 아래에 비에 젖어 물이 뚝뚝 떨어지는 머리를 디밀었다.

"오늘은 참 지루한 하루가 되겠구나."

한 소녀가 말했다.

"학교보다도 훨씬 더."

또 다른 아이가 말하며, 주머니에서 마스카라를 꺼내어

서 조심스럽게 속눈썹에 발랐다.

"TV에서 보는 것처럼 부둣가에서 죄수들이 잡힐까?"

"아니, 이건 재판이 아니야. 오늘은 살인과 관련된 것들에 대해서 얘기할 거야. 울 엄마가 그러는데, 헤로인과 코카인 같은 마약을 밀매하는 폭도들에 관한 거랬어. 폭도들이 경찰들을 돈으로 매수해서 잡히지 않고 있대. 일이 잘못될 경우에는 사람들이 살해당한다는 거야."

"누가 살해당해?"

"모르지. 마약 상인들 아닐까? 근데 넌 왜 날 봐?"

마스카라를 손에 든 소녀가 레드를 흘끗 보면서 말했다.

"아니야."

이미 어떤 시도가 행해지고 있을 거예요…. 레드는 메모리 스틱의 아빠 말이 떠오르는 것을 막고는 화장실에서 나와 아이들을 따라갔다.

레드는 그 학생들과 함께 엘리베이터에 탄 다음, 그들과 멀찌감치 떨어진 벽에 몸을 기댔다. 학생들 한두 명이 그녀를 바라보았으나, 아무 말도 하지 않았다.

6층에서 엘리베이터를 내린 그들은 회색 유니폼을 입은 경호원을 만났다. 선생님과 간단한 대화를 마친 뒤 그는 아이들에게 주의 사항을 말하기 시작했다.

"여기에 백팩은 놓고 가세요. 조용히 하고 안으로 들어가면 벤치에 묵례를 하고 맨 뒷줄에 가서 앉아요. 좌석은 여유가 많아요. 아마 지루한 하루가 될 거예요. 그리고 사기꾼들은 없어요."

그가 빙긋이 웃었다.

"벤치가 뭐야?"

레드는 누군가가 속삭이는 소리를 들었다.

"맨 앞에 있는 판사."

"그럼, 노트는 갖고 들어가도 되나요?"

레드는 왜 자신이 이런 질문을 했는지 스스로 당황했다.

그는 고개를 끄덕였다.

법정은 생각했던 것보다 작았다. 레드는 같이 들어간 학생들에 대해서는 관심을 끄고, 솟아오른 단상 저쪽 끝에 앉아 있는 나이 든 남자한테 묵례를 했다. 그는 그녀를 보지 못했다. 그녀뿐만 아니라 다른 누구도 마찬가지였다. 두툼한 서류 더미와 랩톱 탓에 그를 거의 볼 수 없었다. 그 앞에 여자 두 명이 관중석을 마주하고 있었고, 의자들의 열은 그들과 판사를 바라보았다.

"변호사."

판사가 말하자, 앞줄에 있던 여자가 일어서서 말하기 시
작했다. 레드는 앉은 줄을 쭉 한번 훑어보았다. 맨 끝에 앉
은 어떤 남자가 빠르게 노트에 적고 있었다. 그래서 레드
도 노트를 펼치고 펜을 잡았다.

무엇을 써야만 하지? 지금 여자가 하는 말은 도통 무슨
말인지 알아들을 수가 없었다. 그저 알아들을 수 있는 단
어라고는 증거니…감시니…경찰 공무원이니…목격자니
그런 것들이었다. 레드는 여자가 말하는 복잡한 방식에 멍
해졌다. 때때로 그녀의 목소리가 부드럽게 느껴져 마음이
페리와 재즈의 생각에 표류하고 있었다. 걔들은 어디 있을
까? 오늘 버스를 타고 올까? 판사한테 메모리 스틱을 건네
주고는 도로 버스 터미널에 가 봐야만 하나? 버스를 타지
않았다는 건 경찰에 잡혔다는 의미일까?

레드는 판사를 보았다. 그는 안경을 벗은 채로 집중해서
말하고 있는 여자를 응시하고 있었다. 그의 머리카락은 희
었지만, 눈썹은 숱이 많고 까맸다. 양쪽 눈썹이 다 길어서
이마 중간에서 거의 닿을락 말락 했다. 기회가 생기면 그
에게 다가가도 될까? 분명히 점심시간이나 뭐 그런 것이

있을 텐데. 뭐라고 하지? 아버지 심부름 왔다고 하면 그가 믿어 줄까? 아니면 경비원을 불러서 날 이곳에서 쫓아내려나? 메모리 스틱을 다른 사람에게 전해 주는 게 더 나으려나? 일테면 그 앞에 앉아 있는 여자나, 지금 말하는 여자.

지금 말하는 여자는 몸집이 매우 컸다. 긴 흰머리를 뒤로 틀어 올렸고, 말할 때마다 두 팔을 움직여서 재킷 소매가 펄럭였다. 그녀의 입술은 밝은 주홍색이었고, 목소리는 분노에 차서 깊고 허스키했다. 그녀는 인상을 찌푸렸고, 레드 주변의 학생들은 손가락 하나 움직이지 않았다. 레드는 자신이 그녀에게 접근하는 것은 불가능하다고 느꼈다.

그녀의 말은 계속 이어졌다.

레드는 고개를 앞으로 숙이고 두 눈을 감았다. 방심하면 안 된다. 저 여자의 말을 집중해서 들어야만 한다. 어쩌면 아빠에 관한 말을 할지도 모르지 않는가.

점점 그녀가 이해할 수 없는 말이 이어졌다….

도청…장치들…목격자 보호.

이 시점에서 레드는 고개를 들고 똑바로 앉았다. 목격자 보호. 바로 날 말하는 것이다. 나와 아빠.

"우리의 수많은 조사원과 목격자는 꽤 오랫동안 보호됐

습니다. 여기서 한 가지 특별히 말씀드리고 싶은 게 있습니다."

여자가 말했다.

아빠다. 분명히 아빠를 의미하는 것이다. 레드는 의자 끝에 걸터앉으며 몸을 앞으로 숙였다. 여자는 말을 잠시 멈추고는 방 뒤쪽을 바라보았다. 경호원이 들어왔다. 그는 판사의 단상으로 재빨리 가서 그에게 뭐라고 소곤거렸다. 판사는 고개를 끄덕였고, 안경을 벗고 일어섰다.

여자는 판사를 바라보고 있었고, 판사는 그녀와 할 얘기가 있다는 몸짓을 했다. 잠시 후 두 사람은 서로 고개를 맞대었고, 법정은 조용해졌다. 그때 판사가 손을 들었다.

"알릴 것이 있습니다. 지금 이 건물이 위험에 처해 있다고 합니다. 여러분 모두 일어서서 가능하면 빨리 나가 주시기 바랍니다. 이 법정은 다음 통지가 있을 때까지 휴회합니다."

"폭파 경고야…폭파 경고."

이런 속삭임이 학생들 사이에 퍼져 나갔고, 그들은 선생님 말씀은 듣지도 않고 벌떡 일어서서 출입문으로 향했다.

레드는 벌떡 일어서서 까치발을 하고 판사를 바라보았

다. 판사는 그 자리에 그대로 있었다. 지금이 기회다.

"이봐, 너, 어디로 가는 거야?"

경호원이 그녀 앞을 가로막았다. 다른 경찰도 한 명 더 왔다.

"판사님한테 줄 게 있어서요."

"안 돼. 빨리 여길 빠져나가. 네 친구들은 모두 갔어."

경호원은 레드의 팔을 잡고 문으로 향했다. 레드는 고개를 저었다. 덩치가 큰 흰머리 여자는 판사의 자리를 지나서 옆문으로 가고 있었다. 판사는 없었다.

"도와줘요!"

레드는 소리를 질렀다.

"도와줘요!"

레드는 경찰 정강이를 세차게 걷어차고는 팔꿈치로 경호원의 배를 가격했다.

"도와줘요!"

흰머리 여자가 돌아보았다. 레드는 경호원에게서 벗어나려고 안간힘을 썼지만, 경찰이 계속해서 그녀의 팔을 꼭 붙잡고 있었다.

"도와주세요. 판사님에게 드릴 것이 있어요."

레드는 여자에게 소리쳤다.

"너 어서 나가. 폭발 위험이 있단 말이야."

"알아요. 그래도 판사님한테 꼭 전해 줄 게 있다고요."

레드는 목에 매달린 메모리 스틱을 손으로 만졌다.

덩치 큰 여자가 그녀에게 다가왔다.

"뭐야? 스탠턴 판사님을 말하는 거니?"

"네."

"너 누구니?"

"레드, 아니, 그 이름은 아니고…로즈, 아니, 제 진짜 이름은, 제 이름은 리안논 찰머스예요."

그녀의 주황색 입술이 벌어지더니, 환한 미소가 번졌다.

"널 만나게 되다니."

그녀는 두 팔을 벌리고는 양손을 레드의 양쪽 어깨에 얹었다.

"난 제인 마틴이야."

12. 내 이름은 레드

우리는 할머니의 아파트 발코니에 있다. 그의 두 손이 내 목을 감고 있다. 아빠의 손이다. 뛰어야만 해, 그가 말한다. 아니 말하는 게 아니라 소리를 지르고 있다. 바람이 아빠의 말을 빗속으로 내던진다. 비가 마구 퍼붓고 있다. 마치 총알처럼. 비는 뺨과 팔, 다리를 세차게 때렸다. 난 할머니랑 있어야 해, 할머니를 두고 떠날 순 없어, 우린 모두 괜찮을 거야, 하지만 넌 뛰어야만 해, 아빠가 말한다. 왜 난 가야 해, 왜? 나도 소리를 지른다. 바닷물이 들어오고 있다. 전기도 안 들어오고 전화도 없어서 우리는 도움을 청할 수 없다. 난 못 가, 내가 말한다. 넌 가야만 해, 이것을 목에 걸고 있어. 절대로 잃어버리지 말고, 넌 용감해져야 해, 그리고 가능하면 아주 멀리 멀리까지 빨리 뛰어, 이 목걸이를 멜버른에 있는 위원회에 가져다줘야만 해, 알았지? 멜버른이야. 아빠는 나를 끌어안는다. 그의 수염이 뺨에 와서 닿았다. 아빠도 흠뻑 젖었다. 그의 입술에 내 머리카락이 붙었다. 내 용감한 딸, 이것을 제인 마틴에게 전해 줘. 다시 말하는데, 제인 마틴이야.

나는 떨고 있다. 홀딱 젖은 채로 울고 있다. 난 안 가, 내가 말한다. 넌 가야만 해, 아빠가 말한다. 다시 말하는데, 제인 마틴, 제인 마틴, 제인 마틴.

"리안논? 로즈? 레드? 너 괜찮니? 마치 귀신을 본 표정이구나."

"레드라고 부르세요."

"여길 나가야만 해."

여자는 남자들에게 고개를 끄덕였다.

"이 아이는 내가 맡을게요. 모두 서둘러서 여길 빠져나가자고요."

레드는 그녀를 따라 문으로 나가서 복도를 걸어서 엘리

베이터로 갔다. 엘리베이터에서 그녀는 목걸이를 벗어서 제인에게 건넸다.

"아빠가 아줌마한테 이걸 전해 주라고 했어요. 모든 게 그 스틱 안에 들어 있어요. 아빠가 기록한 모든 것이요."

레드는 아빠를 보았다. 정말로 그가 보였다. 밤늦도록 컴퓨터 앞에 앉아 있는 아빠를.

그녀는 잠에서 깨어서 방에서 나왔다. 어둠이 무서웠다. 그는 그녀를 안아 주고는 함께 있자고 말한다. 그녀는 그가 컴퓨터 자판을 치는 동안 그 옆에 앉아 있다.

"뭔지 알겠구나."

제인은 메모리 스틱을 손에 꼭 쥐었다.

"이것은 나쁜 사람들의 죄를 입증할 증거야. 네 아빠는 매우 용감한 분이야. 이런 걸 찾아내다니. 너 또한 참으로 용감한 소녀야. 이걸 내게 가져다주었으니 말이다."

점점 더 기억이 났다. 표류하는 게 아니라 파도처럼 부드러운 모래에 세차게 부딪히면서 기억이 되살아났다.

그녀는 아파트를 나와 뛰었다. 아빠를 두고, 침대에 누워 두 눈을 감고 있는 할머니를 두고 말이다. 그녀는 작별 인사도 하지 못하고, '제인 마틴'이라는 이름을 되뇌며 세차게 내리치는 빗속을 뛰었다. 물이 그녀 뒤를 뒤쫓고 있었다. 작은 파도들이 그녀의 발에 튀기더니 점점 더 큰 파도들이 들이쳤다. 그녀는 몸을 가눌 수가 없어 균형을 잃고 넘어졌다. 그녀는 일어섰지만 이내 다시 넘어졌고, 진흙과 모래에 뒹굴었다…아빠는 어디 있지? 어디에 있는 거야? 제이마틴제이마틴제이마틴.

"완전히 확신할 순 없지만, 시드니에 있는 한 병원에서 연락이 왔었단다. 데이비드로 보이는 사람이 있다고. 그래서 오늘 거기로 사람을 보냈지. 그가 데이비드가 맞는지, 그가 괜찮은지를 알아보려고 말이야. 이 말을 아까 법정에서 하려던 차였어."

아빠는 괜찮을 것이다. 분명히 괜찮을 것이다.

이제 그들은 건물 지상으로 나와서 길을 건너는 사람들에 합류했다. 경찰이 도처에 깔렸다. 그들은 보도에 서서 교통을 관리하면서 사람들이 건물에서 멀리 떨어지도록 안내했다. 레드는 버젓이 그들 앞으로 가서 방긋 웃으며 춤이라도 추고 싶었다. 어서 자신을 잡아 보라는 시늉을 하면서 말이다. 옆에서 제인은 많은 질문을 해 댔다.

"저, 멜버른 어디서 있니? 여기 누구랑 같이 왔니?"

레드는 고개를 저었다.

"묵는 곳도 없고, 함께 온 사람도 없어요."

제인은 입을 떡 벌렸다.

"그럼, 시드니에서 너 혼자 왔단 말이야?"

레드는 고개를 끄덕였다. 순간 몸이 가벼워지는 것을 느꼈다. 자신도 괜찮고, 아빠도 괜찮을 것이다. 잘만 되면 페리와 재즈도 괜찮을 것이다. 이제 조금만 있으면 모든 걸 알게 될 것이다.

더 많은 생각이 머릿속에 떠올랐다.

나는 아빠랑 브론테에서 본디까지 걷고 있다. 수많은 사람이 걷고 있다. 모래 위에 바위 위에 심지어는 물 위에 세워진 조각상들을 보면서 말이다. 내가 가장 마음에 든 조각은 얇은 빨간 철사로 만든 곤충처럼 생긴 모양들이 모인 무리다. 반면에 아빠는 해변 위 풀밭에 있는 거대하고 단단한 바위 모양의 조각상을 맘에 들어 했다. 그는 가게에서 라즈베리와 블루베리 혼합 아이스크림을 사다가 주었고, 자신도 하나 먹었다. 아이스크림을 다 먹은 뒤 두 사람은 서로 혀를 내밀어 누구의 혀가 더 색이 진하게 물들었는지를 비교했다.

머릿속에 사람들이 싸우는 장면이 떠올랐다. 레드는 문이 열리는 느낌을 받았다.

다른 반 선생님들이 모두 별 스티커를 나눠 줄 때 황금색 캥거루 스티커를 나눠 준 유치원 선생님…3학년 때 아이들에게 춤을 가르쳐 준 사모아에서 온 교생 선생님…팔이 부러져 깁스한 재즈의 팔에 그림 그리기 …. 애들레이드로 비행기를 타고 간 뒤 호주 남부의 농가에서 살던 것. 그곳에서 아빠는 라디오 노래에 맞추어 부엌에서 춤을 추었다. 너도 해 봐, 아무도 안 봐, 아빠가 말한다. 그러면 나는 항상 싫다고 말한다. 성가시게 하지 마, 내가 말한다. 그러면 아빠는 웃는다. 그럼, 나도 웃는다. 그들은 바닥에 주저앉아서 깔깔거리며 웃는다.

제인은 전화를 하고 있다. 통화가 끝나고 그녀는 레드를
보았다.

"오늘은 법정을 포기해야겠어. 판사님도 직무실로 돌아
갔다네. 난 오늘 일정은 끝이야. 너와 함께 보낼까 하는데,
언제?"

"저는 아빠에 대해서 알고 싶어요. 그리고 페리와 재즈
에 대해서도요?"

"그들이 누군데?"

"얘기하자면 길어요. 하지만 그들을 찾아야 해요. 여기
혼자 있을 순 없어요."

제인은 고개를 끄덕였다.

"일단 어디 가서 뭘 좀 먹자. 아빠 얘길 해 줄 테니, 그리
고 네 옷 좀 사야겠다. 쇼핑을 좀 하고, 다음에 어떻게 할
지 결정하자."

제인은 레드의 어깨에 팔을 둘렀다.

"그동안 무슨 일이 있었는지 모든 걸 듣고 싶구나. 어떻
게 여기까지 왔는지도 말이야."

한 시간 후 그들은 앞의 접시들을 싹 비운 채로 어떤 식

당에 앉아 있었다. 레드는 페리가 와가에서 음식 쓰레기 더미를 뒤지는 부분을 얘기하고 있었다. 막 불량소년들이 골목길에서 소리를 지르며 나타났다는 부분을 얘기하는데, 제인의 전화벨이 울렸다.

"네, 제인입니다."

그녀는 전화를 받자, 얼굴에 환한 미소가 번졌다.

"그런 소식을 들으니 반갑네요. 네, 그 아이는 굉장해요. 여기 같이 있어요. 바꿔 줄게요."

그녀는 레드를 보고 빙긋이 웃었다.

"네 아버지야."

제인이 레드에게 전화를 건네자, 그녀는 입이 딱 벌어졌다.

레드는 전화기를 받았다. 손이 덜덜 떨렸다.

"아빠."

이틀 후

비행기가 해안을 날아오르자, 레드는 밖을 빤히 내려다보았다. 도로와 주택, 건물들이 마치 거대한 손이 신문지를 꾸겨 놓아 못 쓰게 만들어 놓은 것 같았다. 진흙과 베어진 나무들은 수백 미터에 걸쳐서 흩뿌려져 있었다. 그들은 해안의 군용 비행장에서 이륙해서 서쪽으로 선회하여 시드니 상공을 날고 있었다.

"우리가 묵을 호텔을 예약해 놨어. 하지만 네가 재즈의 가족에게로 돌아가고 싶다면 그렇게 해."

제인이 말했다.

레드는 실감이 나지 않았다. 모든 일이 아주 먼 옛일처럼 느껴졌다. 사이클론이 덮친 지 6일밖에 되지 않았는데, 마치 서너 달은 된 것만 같았다. 이전의 내가 지금과 같은 사람일까? 돌아가면 재즈랑 친구가 될 수 있을까? 페리는?

"우선은 병원부터 가서 아빠를 만나고요."

"집이 무너졌지."

아빠는 어깨를 으쓱했다. 그러자 고통이 밀려와 얼굴을 찡그렸다. 팔 한쪽은 깁스를 했고, 머리에는 두꺼운 붕대가 감겨 있었다. 레드는 침대 옆 의자에 앉아서 아무 말도 하지 않았다. 보는 것만으로도, 익숙한 얼굴을 마주하는 것만으로도 충분했다. 그녀는 이 얼굴, 이 남자를 알고 있고, 이제 자신이 누구인지도 알고 있다.

"머리를 부딪친 채로 고립되어서 꽤 오랫동안 있었어. 한 블록 떨어진 곳에 남자애가 있었는데, 그 앤 멀쩡했어, 그 애가 날 발견하고 자기가 지내는 곳으로 데려갔어. 그런데 거기에 불량배들이 나타나서는 말이야…. 아 참, 할머니는?"

아버지는 고개를 저었다.

"할머니는 네가 떠날 때 주무시고 계셨어. 아마도 의식이 없었을 거야. 거의 임종 직전이었지. 집이 무너질 때도 할머니는 모르셨어. 그것이 위로가 되었어."

"그럼, 할머니는…. 그러니까, 시신은?"

그는 고개를 저었다.

"찾을 수 없었어. 아마도 떠내려갔을 거야. 수많은 사람이 그랬으니까."

레드는 아빠에게로 다가가서 그의 손을 잡았다. 아빠와 함께 있는 것이 실감이 났다. 그녀는 아버지가 시키는 대로 메모리 스틱을 전했다. 그것을 전달하러 멜버른까지 갔다가 이제 돌아온 것이다.

그날 늦게 재즈의 집으로 돌아온 레드는 전에 있던 베란다에 앉아 있었다. 마치 모든 여정이 꿈만 같았다. 현실로 일어난 일 같지가 않았다.

재즈와 그녀의 부모님은 레드가 돌아온 것을 기뻐하며 반갑게 안아 주었다. 그들은 별다른 질문을 하지는 않았지만, 레드는 좀 불편했다. 자신은 그곳 식구가 아니다. 페리도 마찬가지다.

"난 갈 거야."

페리가 마당에 레드와 단둘이 있을 때 이렇게 말했다.

"단지 널 만나려고 기다린 거야. 네가 괜찮은지 보려고. 널 봤으니, 이제 난 갈게."

"왜? 어디로 갈 건데?"

"난 괜찮을 테니, 걱정하지 마. 그런데 말이야…."

그가 잠시 망설였다.

"할 말이 있어. 왜 그런지는 몰라도 말이야…."

그가 그녀의 시선을 피했다.

"너한테 말해야 할 것 같아서. 우리가 케이트네 집에서 내 가족에 대해서 했던 말 있잖아. 엄마와 켈리, 아빠와 그 여자 친구 말이야."

그는 레드를 보지 않고 잔디에 털썩 주저앉아서 풀을 작은 조각으로 뜯기 시작했다. 레드는 무슨 말을 해야 할지 알지 못했다.

"음, 그 말 다 사실이 아니야. 내가 만들어 낸 말이야. 농장에 산 거랑 말 얘기는 사실이야. 하지만 가뭄이 들어서 아빠가 그곳에서 일자리를 잃었고, 우리는 도시로 이사 왔어. 엄마와 아빠는 둘 다 점점 술주정뱅이가 되어 갔지. 아버지는 더욱 난폭해졌고 폭력을 일삼았어. 내게 난 상처도 그 때문이야. 아빤 엄마도 나도 때렸지. 그래서 난 가출한 거야."

"그러니까 자동차 사고 같은 건 없었단 말이네?"

"응."

"그럼, 여동생 켈리는?"

페리는 고개를 저었다.

"나밖에 없어. 지어낸 거야."

"휴, 무엇을 믿어야 할지 모르겠어."

"이 말은 믿어도 좋아. 이제 더는 널 속이지 않아. 경찰이라면 모를까."

그가 씩 웃었다.

레드도 그 옆 잔디에 주저앉았다. 햇볕이 등에 닿아 따뜻했다.

"우리가 처음 만났을 때 기억나니?"

그녀가 말했다.

"물론이지."

"네가 날 후려쳤잖아."

"미안해."

"두 번이나. 난 네가 진짜로 무서웠어."

"그랬니?"

"하지만 이젠 아니야. 그리고 아빠도 너한테 무척 고마워하셔. 네가 멜버른까지 가는 날 도우려고 했던 걸 말이야.

페리는 대답하지 않았다.

레드는 말끔하게 정리된 잔디만 내려다보았다.

"나도."

"뭐가?"

"고맙다고."

"괜찮아."

그는 그녀에게서 좀 떨어져서 등을 펴고 잔디에 누워 햇볕을 향해 몸을 쭉 폈다. 그리고 두 눈을 감았다.

"재미있었어. 여기저기 배회하는 것보다 훨씬 좋았어."

재즈가 왔다. 주제는 와가에서 헤어진 날로 바뀌었다.

"한동안은 별일 없었어. 우린 강가에서 돌아다녔어. 좀
지루하긴 했지. 멜버른행 버스가 올 시간이 다 되어 터미
널로 갔는데, 케이트가 젊은 경찰과 거기에 있었어. 그 전
날 밤에 내가 경찰에 잡혀갔을 때 나한테 붕대를 감아 준
경찰이었지. 그들이 터미널 직원에게 이것저것 물어보고
있는데, 우리가 그 안으로 걸어 들어간 거지."

페리가 말했다.

"울 아빠가 비행기를 타고 우릴 데리러 왔어. 모든 걸 털
어놓았더니, 아빤 몹시 화를 냈어. 아빠를 믿지 않은 걸 받
아들이고 싶지 않아 했지. 하지만 화를 누그러트리고 잠시
생각하더니, 우리가 잘한 일이라고 했어. 미리 말했다면
우릴 도울 수도 있었겠지만, 정보가 적들에게 새어 나가서
일을 그르칠 수도 있었다는 거야."

레드는 가만히 듣고 있었다.

"집에 돌아오니 참 좋다. 학교에 가면 친구들한테 얘기

해 줘야지. 최고의 모험담 아니겠니. 물론 네 친구들이기도 하지. 넌 결정해야 하지 않을까? 다시 리안논으로 돌아올지, 아니면 와가에서 쓴 로즈가 될지, 아니면 구조센터 게시판에 써 놓은 루비가 될지를 말이야. 친구들을 속일수 있을 거야. 그때그때 다른 이름을 사용하면서 말이야. 우리는 같은 반이 되어서 짝이 될 수도 있어. 우리가 5학년 때처럼 말이야. 그럼, 참 좋겠는걸."

레드는 대답하지 않았다. 그녀는 가슴에 손을 대었다. 피부에 로켓의 차가운 금속이 느껴졌다. 제인이 그 안의 것을 모조리 지우고는 다시 돌려주었다.

"이건 네 거야. 갖고 있어, 추억으로."

제인이 말했다.

레드는 다시 학교에 갈 것이다. 하지만 재즈의 학교는 아니다. 아빠 몸이 회복되면 그때 다시 얘기하기로 했다.

"시드니는 아니야. 아마도 멜버른이나 다른 곳이 될 거야."

레드가 학교에 대한 얘기를 묻자, 아빠가 말했다.

내일 그들은 함께 학교에 대해 얘기하고 계획을 세울 것이다. 페리도 함께할 것이다. 그도 함께 가서, 그들은 햇볕을 받으며 병원 정원에 앉아 있을 것이다. 그리고 아빠는 페리의 엄마 아빠를 만나 페리의 일을 해결해 주겠다고 약속할 것이다. 그리고 아빠는 이렇게 말할 것이다.

"너희는 참 대단한 아이들이야. 아주 많이 컸어, 리안논."

그러면 난 고개를 저을 것이다.

"난 리안논이 아니야, 아빠. 로즈도 아니고, 그렇다고 루비도 아니야. 지금은 아니야. 앞으로도. 이제 난 레드야."

옮긴이 ● 권혁정

영어영문학을 전공하고 학교에서 아이들을 가르쳤다. 외화를 다수 번역하였
고 지금은 전문 번역가로 활동 중이다. 옮긴 책으로『책벌레 만들기』『우주전
쟁』『엑스를 찾아서』『내 마음의 크리스마스』『아프가니스탄의 눈물 1,2,3』
『히치콕: 공포의 미로 혹은 여행』『헤티-월스트리트의 마녀』『12월의 웨딩』
『레이첼 카슨』『오프라 윈프리』『제인 구달』『헨리 데이비드 소로』등이 있다.

어느 날 갑자기 생긴 일

첫판 1쇄 발행 2014년 02월 20일
첫판 2쇄 발행 2015년 05월 20일

지은이 리비 글리슨
옮긴이 권혁정 | 표지 일러스트 옥영관
펴낸이 엄민영 | 펴낸곳 나무처럼
주소 | 서울 양천구 중앙로29길 61, 101동 905호
전화 02) 2602-7220 | 팩스 02) 2602-7230
E-mail nspub@naver.com
ISBN 978-89-92877-27-5 (43800)

＊책값은 뒤표지에 있습니다.
ⓒ나무처럼 2014 Namu Books